LA PARURE

et autres nouvelles réalistes

D'autres classiques à étudier avec nos dossiers Librio +

La Raison du plus fort, Librio n° 1219
Un pour tous, tous pour un, Librio n° 1202
Pauca meæ, Librio n° 1169
La Belle et la Bête, Librio n° 1090
Bérénice, Librio n° 1072
La Princesse de Montpensier, Librio n° 1040
Claude Gueux, Librio n° 1039
La Farce de Maître Pathelin, Librio n° 580
Andromaque, Librio n° 469
Britannicus, Librio n° 390
La Vénus d'Ille, Librio n° 236
Aladdin ou la Lampe merveilleuse, Librio n° 191
La Genèse, Librio n° 90
La Mort d'Olivier Bécaille, Librio n° 42
Candide ou l'Optimisme, Librio n° 31
Une partie de campagne, Librio n° 29

MAUPASSANT

La Parure

et autres nouvelles réalistes

Librio

SOMMAIRE

La Parure 9

Aux champs 23

À cheval 35

Le Papa de Simon 47

Une famille 61

Mon oncle Jules 71

Le Donneur d'eau bénite 85

Adieu 93

La Rempailleuse 101

Dossier Librio + ... 113

LA PARURE

Nouvelle parue dans Le Gaulois,
le 17 février 1884.

C'était une de ces jolies et charmantes filles, nées, comme par une erreur du destin, dans une famille d'employés. Elle n'avait pas de dot, pas d'espérances, aucun moyen d'être connue, comprise, aimée, épousée par un homme riche et distingué ; et elle se laissa marier avec un petit commis du ministère de l'Instruction publique.

Elle fut simple, ne pouvant être parée, mais malheureuse comme une déclassée ; car les femmes n'ont point de caste ni de race, leur beauté, leur grâce et leur charme leur servant de naissance et de famille. Leur finesse native, leur instinct d'élégance, leur souplesse d'esprit sont leur seule hiérarchie, et font des filles du peuple les égales des plus grandes dames.

Elle souffrait sans cesse, se sentant née pour toutes les délicatesses et tous les luxes. Elle souffrait de la pauvreté de son logement, de la misère des murs, de l'usure des sièges, de la laideur des étoffes. Toutes ces choses, dont une autre femme de sa caste ne se serait même pas aperçue, la torturaient et l'indignaient. La vue de la petite Bretonne qui faisait son humble ménage éveillait en elle des regrets désolés et des rêves éperdus. Elle songeait aux antichambres nettes, capitonnées avec des tentures orientales, éclairées par de hautes torchères de bronze, et aux deux grands valets en culotte courte qui dorment dans les larges fauteuils, assoupis par la chaleur lourde du calorifère. Elle songeait aux grands salons vêtus de soie ancienne, aux meubles fins portant des bibelots inestimables, et aux petits salons coquets parfumés, faits pour la causerie de cinq heures avec les amis les plus intimes, les hommes connus et recherchés dont toutes les femmes envient et désirent l'attention.

Quand elle s'asseyait, pour dîner, devant la table ronde couverte d'une nappe de trois jours, en face de son mari qui découvrait la soupière en déclarant d'un air enchanté : « Ah ! le bon pot-au-feu ! je ne sais rien de meilleur que cela », elle songeait aux dîners fins, aux argenteries reluisantes, aux tapisseries peuplant les murailles de personnages anciens et d'oiseaux étranges au milieu d'une forêt de féerie ; elle songeait aux plats exquis servis en des vaisselles merveilleuses, aux galanteries chuchotées et écoutées avec un sourire de sphinx, tout en mangeant la chair rose d'une truite ou des ailes de gélinotte.

Elle n'avait pas de toilettes, pas de bijoux, rien. Et elle n'aimait que cela ; elle se sentait faite pour cela. Elle eût tant désiré plaire, être enviée, être séduisante et recherchée.

Elle avait une amie riche, une camarade de couvent qu'elle ne voulait plus aller voir, tant elle souffrait en revenant. Et elle pleurait pendant des jours entiers, de chagrin, de regret, de désespoir et de détresse. Or, un soir, son mari rentra, l'air glorieux et tenant à la main une large enveloppe.

— Tiens, dit-il, voici quelque chose pour toi.

Elle déchira vivement le papier et en tira une carte qui portait ces mots : « Le ministre de l'Instruction publique et Mme Georges Ramponneau prient M. et Mme Loisel de leur faire l'honneur de venir passer la soirée à l'hôtel du ministère, le lundi 18 janvier. »

Au lieu d'être ravie, comme l'espérait son mari, elle jeta avec dépit l'invitation sur la table, murmurant :

— Que veux-tu que je fasse de cela ?

— Mais, ma chérie, je pensais que tu serais contente. Tu ne sors jamais, et c'est une occasion, cela, une belle ! J'ai eu une peine infinie à l'obtenir. Tout le monde en veut ; c'est très recherché et on n'en donne pas beaucoup aux employés. Tu verras là tout le monde officiel.

Elle le regardait d'un œil irrité, et elle déclara avec impatience :

— Que veux-tu que je me mette sur le dos pour aller là ?

Il n'y avait pas songé ; il balbutia :

— Mais la robe avec laquelle tu vas au théâtre. Elle me semble très bien, à moi...

Il se tut, stupéfait, éperdu, en voyant que sa femme pleurait. Deux grosses larmes descendaient lentement des coins des yeux vers les coins de la bouche ; il bégaya :

— Qu'as-tu ? qu'as-tu ?

Mais, par un effort violent, elle avait dompté sa peine et elle répondit d'une voix calme en essuyant ses joues humides :

— Rien. Seulement je n'ai pas de toilette et par conséquent, je ne peux aller à cette fête. Donne ta carte à quelque collègue dont la femme sera mieux nippée que moi.

Il était désolé. Il reprit :

— Voyons, Mathilde. Combien cela coûterait-il, une toilette convenable, qui pourrait te servir encore en d'autres occasions, quelque chose de très simple ?

Elle réfléchit quelques secondes, établissant ses comptes et songeant aussi à la somme qu'elle pouvait demander sans s'attirer un refus immédiat et une exclamation effarée du commis économe.

Enfin, elle répondit en hésitant :

— Je ne sais pas au juste, mais il me semble qu'avec quatre cents francs je pourrais arriver.

Il avait un peu pâli, car il réservait juste cette somme pour acheter un fusil et s'offrir des parties de chasse, l'été suivant, dans la plaine de Nanterre, avec quelques amis qui allaient tirer des alouettes, par là, le dimanche.

Il dit cependant :

— Soit. Je te donne quatre cents francs. Mais tâche d'avoir une belle robe.

Le jour de la fête approchait, et Mme Loisel semblait triste, inquiète, anxieuse. Sa toilette était prête cependant. Son mari lui dit un soir :

— Qu'as-tu ? Voyons, tu es toute drôle depuis trois jours.

Et elle répondit :

— Cela m'ennuie de n'avoir pas un bijou, pas une pierre, rien à mettre sur moi. J'aurai l'air misère comme tout. J'aimerais presque mieux ne pas aller à cette soirée.

Il reprit :

— Tu mettras des fleurs naturelles. C'est très chic en cette saison-ci. Pour dix francs tu auras deux ou trois roses magnifiques.

Elle n'était point convaincue.

— Non... il n'y a rien de plus humiliant que d'avoir l'air pauvre au milieu de femmes riches.

Mais son mari s'écria :

— Que tu es bête ! Va trouver ton amie Mme Forestier et demande-lui de te prêter des bijoux. Tu es bien assez liée avec elle pour faire cela.

Elle poussa un cri de joie.

— C'est vrai. Je n'y avais point pensé.

Le lendemain, elle se rendit chez son amie et lui conta sa détresse. Mme Forestier alla vers son armoire à glace, prit un large coffret, l'apporta, l'ouvrit, et dit à Mme Loisel :

— Choisis, ma chère.

Elle vit d'abord des bracelets, puis un collier de perles, puis une croix vénitienne, or et pierreries, d'un admirable travail. Elle essayait les parures devant la glace, hésitait, ne pouvait se décider à les quitter, à les rendre. Elle demandait toujours :

— Tu n'as plus rien d'autre ?

— Mais si. Cherche. Je ne sais pas ce qui peut te plaire.

Tout à coup elle découvrit, dans une boîte de satin noir, une superbe rivière de diamants ; et son cœur se mit à battre d'un désir immodéré. Ses mains tremblaient en la prenant. Elle l'attacha autour de sa gorge, sur sa robe montante, et demeura en extase devant elle-même.

Puis, elle demanda, hésitante, pleine d'angoisse :

— Peux-tu me prêter cela, rien que cela ?

— Mais oui, certainement.

Elle sauta au cou de son amie, l'embrassa avec emportement, puis s'enfuit avec son trésor.

Le jour de la fête arriva. Mme Loisel eut un succès. Elle était plus jolie que toutes, élégante, gracieuse, souriante et folle de joie. Tous les hommes la regardaient, demandaient son nom, cherchaient à être présentés. Tous les attachés du cabinet voulaient valser avec elle. Le Ministre la remarqua.

Elle dansait avec ivresse, avec emportement, grisée par le plaisir, ne pensant plus à rien, dans le triomphe de sa beauté, dans la gloire de son succès, dans une sorte de nuage de bonheur fait de tous ces hommages, de toutes ces admirations, de tous ces désirs éveillés, de cette victoire si complète et si douce au cœur des femmes.

Elle partit vers quatre heures du matin. Son mari, depuis minuit, dormait dans un petit salon désert avec trois autres messieurs dont les femmes s'amusaient beaucoup.

Il lui jeta sur les épaules les vêtements qu'il avait apportés pour la sortie, modestes vêtements de la vie ordinaire, dont la pauvreté jurait avec l'élégance de la toilette de bal. Elle le sentit et voulut s'enfuir, pour ne pas être remarquée par les autres femmes qui s'enveloppaient de riches fourrures.

Loisel la retenait :

— Attends donc. Tu vas attraper froid dehors. Je vais appeler un fiacre.

Mais elle ne l'écoutait point et descendait rapidement l'escalier. Lorsqu'ils furent dans la rue, ils ne trouvèrent pas de voiture ; et ils se mirent à chercher, criant après les cochers qu'ils voyaient passer de loin.

Ils descendaient vers la Seine, désespérés, grelottants. Enfin, ils trouvèrent sur le quai un de ces vieux coupés noctambules qu'on ne voit dans Paris que la nuit venue, comme s'ils eussent été honteux de leur misère pendant le jour.

Il les ramena jusqu'à leur porte, rue des Martyrs, et ils remontèrent tristement chez eux. C'était fini, pour elle. Et il songeait, lui, qu'il lui faudrait être au Ministère à dix heures.

Elle ôta les vêtements dont elle s'était enveloppé les épaules, devant la glace, afin de se voir encore une fois dans sa gloire. Mais soudain elle poussa un cri. Elle n'avait plus sa rivière autour du cou !

Son mari, à moitié dévêtu déjà, demanda :

— Qu'est-ce que tu as ?

Elle se tourna vers lui, affolée :

— J'ai… j'ai… je n'ai plus la rivière de Mme Forestier.

Il se dressa, éperdu :

— Quoi !… comment !… Ce n'est pas possible !

Et ils cherchèrent dans les plis de la robe, dans les plis du manteau, dans les poches, partout. Ils ne la trouvèrent point.

Il demandait :

— Tu es sûre que tu l'avais encore en quittant le bal ?

— Oui, je l'ai touchée dans le vestibule du Ministère.

— Mais si tu l'avais perdue dans la rue, nous l'aurions entendue tomber. Elle doit être dans le fiacre.

— Oui. C'est probable. As-tu pris le numéro ?

— Non. Et toi, tu ne l'as pas regardé ?

— Non.

Ils se contemplaient atterrés. Enfin Loisel se rhabilla.

— Je vais, dit-il, refaire tout le trajet que nous avons fait à pied, pour voir si je ne la retrouverai pas.

Et il sortit. Elle demeura en toilette de soirée, sans force pour se coucher, abattue sur une chaise, sans feu, sans pensée.

Son mari rentra vers sept heures. Il n'avait rien trouvé.

Il se rendit à la Préfecture de police, aux journaux, pour faire promettre une récompense, aux compagnies de petites voitures, partout enfin où un soupçon d'espoir le poussait.

Elle attendit tout le jour, dans le même état d'effarement devant cet affreux désastre.

Loisel revint le soir, avec la figure creusée, pâlie ; il n'avait rien découvert.

— Il faut, dit-il, écrire à ton amie que tu as brisé la fermeture de sa rivière et que tu la fais réparer. Cela nous donnera le temps de nous retourner.

Elle écrivit sous sa dictée.

Au bout d'une semaine, ils avaient perdu toute espérance.

Et Loisel, vieilli de cinq ans, déclara :

— Il faut aviser à remplacer ce bijou.

Ils prirent, le lendemain, la boîte qui l'avait renfermé, et se rendirent chez le joaillier, dont le nom se trouvait dedans. Il consulta ses livres :

— Ce n'est pas moi, Madame, qui ai vendu cette rivière ; j'ai dû seulement fournir l'écrin.

Alors ils allèrent de bijoutier en bijoutier, cherchant une parure pareille à l'autre, consultant leurs souvenirs, malades tous deux de chagrin et d'angoisse.

Ils trouvèrent, dans une boutique du Palais-Royal, un chapelet de diamants qui leur parut entièrement semblable à celui qu'ils cherchaient. Il valait quarante mille francs. On le leur laisserait à trente-six mille.

Ils prièrent donc le joaillier de ne pas le vendre avant trois jours. Et ils firent condition qu'on le reprendrait pour trente-quatre mille francs, si le premier était retrouvé avant la fin de février.

Loisel possédait dix-huit mille francs que lui avait laissés son père. Il emprunterait le reste.

Il emprunta, demandant mille francs à l'un, cinq cents à l'autre, cinq louis par-ci, trois louis par-là. Il fit des billets, prit des engagements ruineux, eut affaire aux usuriers, à toutes les races de prêteurs. Il compromit toute la fin de son existence, risqua sa signature sans savoir même s'il pourrait y faire honneur, et, épouvanté par les angoisses de l'avenir, par la noire misère qui allait s'abattre sur lui, par la perspective de toutes les privations physiques et de toutes les tortures morales, il alla chercher la rivière nouvelle, en déposant sur le comptoir du marchand trente-six mille francs.

Quand Mme Loisel reporta la parure à Mme Forestier, celle-ci lui dit, d'un air froissé :

— Tu aurais dû me la rendre plus tôt, car je pouvais en avoir besoin.

Elle n'ouvrit pas l'écrin, ce que redoutait son amie. Si elle s'était aperçue de la substitution, qu'aurait-elle pensé ? qu'aurait-elle dit ? Ne l'aurait-elle pas prise pour une voleuse ?

Mme Loisel connut la vie horrible des nécessiteux. Elle prit son parti, d'ailleurs, tout d'un coup, héroïquement. Il fallait payer cette dette effroyable. Elle payerait. On renvoya la bonne ; on changea de logement ; on loua sous les toits une mansarde.

Elle connut les gros travaux du ménage, les odieuses besognes de la cuisine. Elle lava la vaisselle, usant ses ongles roses sur les poteries grasses et le fond des casseroles. Elle savonna le linge sale, les chemises et les torchons, qu'elle faisait sécher sur une corde ; elle descendit à la rue, chaque matin, les ordures, et monta l'eau, s'arrêtant à chaque étage pour souffler. Et, vêtue comme une femme du peuple, elle alla chez le fruitier, chez l'épicier, chez le boucher, le panier au bras, marchandant, injuriée, défendant sou à sou son misérable argent.

Il fallait chaque mois payer des billets, en renouveler d'autres, obtenir du temps.

Le mari travaillait, le soir, à mettre au net les comptes d'un commerçant, et la nuit, souvent, il faisait de la copie à cinq sous la page.

Et cette vie dura dix ans.

Au bout de dix ans, ils avaient tout restitué, tout, avec le taux de l'usure, et l'accumulation des intérêts superposés.

Mme Loisel semblait vieille, maintenant. Elle était devenue la femme forte, et dure, et rude, des ménages pauvres. Mal peignée, avec les jupes de travers et les mains rouges, elle parlait haut, lavait à grande eau les planchers. Mais parfois, lorsque son mari était au bureau, elle s'asseyait auprès de la fenêtre, et elle songeait à cette soirée d'autrefois, à ce bal où elle avait été si belle et si fêtée.

Que serait-il arrivé si elle n'avait point perdu cette parure ? Qui sait ? qui sait ? Comme la vie est singulière, changeante ! Comme il faut peu de chose pour vous perdre ou vous sauver !

Or, un dimanche, comme elle était allée faire un tour aux Champs-Élysées pour se délasser des besognes de la semaine, elle aperçut tout à coup une femme qui promenait un enfant. C'était Mme Forestier, toujours jeune, toujours belle, toujours séduisante.

Mme Loisel se sentit émue. Allait-elle lui parler ? Oui, certes. Et maintenant qu'elle avait payé, elle lui dirait tout. Pourquoi pas ?

Elle s'approcha.

— Bonjour, Jeanne.

L'autre ne la reconnaissait point, s'étonnant d'être appelée ainsi familièrement par cette bourgeoise.

Elle balbutia :

— Mais... Madame !... Je ne sais... Vous devez vous tromper.

— Non. Je suis Mathilde Loisel.

Son amie poussa un cri.

— Oh !... ma pauvre Mathilde, comme tu es changée !...

— Oui, j'ai eu des jours bien durs, depuis que je ne t'ai vue ; et bien des misères... et cela à cause de toi !...

— De moi ? Comment ça ?

— Tu te rappelles bien cette rivière de diamants que tu m'as prêtée pour aller à la fête du Ministère.

— Oui. Eh bien ?

— Eh bien, je l'ai perdue.

— Comment ! puisque tu me l'as rapportée.

— Je t'en ai rapporté une autre toute pareille. Et voilà dix ans que nous la payons. Tu comprends que ça n'était pas aisé pour nous, qui n'avions rien... Enfin c'est fini, et je suis rudement contente.

Mme Forestier s'était arrêtée.

— Tu dis que tu as acheté une rivière de diamants pour remplacer la mienne ?

— Oui. Tu ne t'en étais pas aperçue, hein ! Elles étaient bien pareilles.

Et elle souriait d'une joie orgueilleuse et naïve.

Mme Forestier, fort émue, lui prit les deux mains.

— Oh ! ma pauvre Mathilde ! Mais la mienne était fausse. Elle valait au plus cinq cents francs !...

AUX CHAMPS

À Octave Mirbeau.

Les deux chaumières étaient côte à côte, au pied d'une colline, proches d'une petite ville de bains. Les deux paysans besognaient dur sur la terre inféconde pour élever tous leurs petits. Chaque ménage en avait quatre. Devant les deux portes voisines, toute la marmaille grouillait du matin au soir. Les deux aînés avaient six ans et les deux cadets quinze mois environ ; les mariages, et ensuite les naissances, s'étaient produits à peu près simultanément dans l'une et l'autre maison.

Les deux mères distinguaient à peine leurs produits dans le tas ; et les deux pères confondaient tout à fait. Les huit noms dansaient dans leur tête, se mêlaient sans cesse ; et, quand il fallait en appeler un, les hommes souvent en criaient trois avant d'arriver au véritable.

La première des deux demeures, en venant de la station d'eaux de Rolleport, était occupée par les Tuvache, qui avaient trois filles et un garçon ; l'autre masure abritait les Vallin, qui avaient une fille et trois garçons.

Tout cela vivait péniblement de soupe, de pommes de terre et de grand air. À sept heures, le matin, puis à midi, puis à six heures, le soir, les ménagères réunissaient leurs mioches pour donner la pâtée, comme des gardeurs d'oies assemblent leurs bêtes. Les enfants étaient assis, par rang d'âge, devant la table en bois, vernie par cinquante ans d'usage. Le dernier moutard avait à peine la bouche au niveau de la planche. On posait devant eux l'assiette creuse pleine de pain molli dans l'eau où avaient cuit les pommes de terre, un demi-chou et trois oignons ; et toute la lignée mangeait jusqu'à plus faim. La mère empâtait elle-même le petit. Un peu de viande au pot-au-feu, le dimanche, était une fête pour tous, et le père, ce jour-là, s'attardait au repas en répétant : « Je m'y ferais bien tous les jours. »

Par un après-midi du mois d'août, une légère voiture s'arrêta brusquement devant les deux chaumières, et une jeune femme, qui conduisait elle-même, dit au monsieur assis à côté d'elle :

— Oh ! regarde, Henri, ce tas d'enfants ! Sont-ils jolis, comme ça, à grouiller dans la poussière.

L'homme ne répondit rien, accoutumé à ces admirations qui étaient une douleur et presque un reproche pour lui.

La jeune femme reprit :

— Il faut que je les embrasse ! Oh ! comme je voudrais en avoir un, celui-là, le tout-petit.

Et, sautant de la voiture, elle courut aux enfants, prit un des deux derniers, celui des Tuvache, et, l'enlevant dans ses bras, elle le baisa passionnément sur ses joues sales, sur ses cheveux blonds frisés et pommadés de terre, sur ses menottes qu'il agitait pour se débarrasser des caresses ennuyeuses.

Puis elle remonta dans sa voiture et partit au grand trot. Mais elle revint la semaine suivante, s'assit elle-même par terre, prit le moutard dans ses bras, le bourra de gâteaux, donna des bonbons à tous les autres ; et joua avec eux comme une gamine, tandis que son mari attendait patiemment dans sa frêle voiture.

Elle revint encore, fit connaissance avec les parents, reparut tous les jours, les poches pleines de friandises et de sous.

Elle s'appelait Mme Henri d'Hubières.

Un matin, en arrivant, son mari descendit avec elle ; et, sans s'arrêter aux mioches, qui la connaissaient bien maintenant, elle pénétra dans la demeure des paysans.

Ils étaient là, en train de fendre du bois pour la soupe ; ils se redressèrent tout surpris, donnèrent des chaises et attendirent. Alors la jeune femme, d'une voix entrecoupée, tremblante commença :

— Mes braves gens, je viens vous trouver parce que je voudrais bien... je voudrais bien emmener votre... votre petit garçon...

Les campagnards, stupéfaits et sans idée, ne répondirent pas.

Elle reprit haleine et continua.

— Nous n'avons pas d'enfants ; nous sommes seuls, mon mari et moi... Nous le garderions... voulez-vous ?

La paysanne commençait à comprendre. Elle demanda :

— Vous voulez nous prend'e Charlot ? Ah ben non, pour sûr.

Alors M. d'Hubières intervint :

— Ma femme s'est mal expliquée. Nous voulons l'adopter, mais il reviendra vous voir. S'il tourne bien, comme tout porte à le croire, il sera notre héritier. Si nous avions, par hasard, des enfants, il partagerait également avec eux. Mais s'il ne répondait pas à nos soins, nous lui donnerions, à sa majorité, une somme de vingt mille francs, qui sera immédiatement déposée en son nom chez un notaire. Et, comme on a aussi pensé à vous, on vous servira jusqu'à votre mort une rente de cent francs par mois. Avez-vous bien compris ?

La fermière s'était levée, toute furieuse.

— Vous voulez que j'vous vendions Charlot ? Ah ! mais non ; c'est pas des choses qu'on d'mande à une mère ça ! Ah ! mais non ! Ce serait abomination.

L'homme ne disait rien, grave et réfléchi ; mais il approuvait sa femme d'un mouvement continu de la tête.

Mme d'Hubières, éperdue, se mit à pleurer, et, se tournant vers son mari, avec une voix pleine de sanglots, une voix d'enfant dont tous les désirs ordinaires sont satisfaits, elle balbutia :

— Ils ne veulent pas, Henri, ils ne veulent pas !

Alors ils firent une dernière tentative.

— Mais, mes amis, songez à l'avenir de votre enfant, à son bonheur, à...

La paysanne, exaspérée, lui coupa la parole :

— C'est tout vu, c'est tout entendu, c'est tout réfléchi... Allez-vous-en, et pi, que j'vous revoie point par ici. C'est-i permis d'vouloir prendre un éfant comme ça !

Alors Mme d'Hubières, en sortant, s'avisa qu'ils étaient deux tout-petits, et elle demanda à travers ses larmes, avec une ténacité de femme volontaire et gâtée, qui ne veut jamais attendre :

— Mais l'autre petit n'est pas à vous ?

Le père Tuvache répondit :

— Non, c'est aux voisins ; vous pouvez y aller si vous voulez.

Et il rentra dans sa maison, où retentissait la voix indignée de sa femme.

Les Vallin étaient à table, en train de manger avec lenteur des tranches de pain qu'ils frottaient parcimonieusement avec un peu de beurre piqué au couteau, dans une assiette entre eux deux.

M. d'Hubières recommença ses propositions, mais avec plus d'insinuations, de précautions oratoires, d'astuce.

Les deux ruraux hochaient la tête en signe de refus ; mais quand ils apprirent qu'ils auraient cent francs par mois, ils se considérèrent, se consultant de l'œil, très ébranlés.

Ils gardèrent longtemps le silence, torturés, hésitants. La femme enfin demanda :

— Qué qu't'en dis, l'homme ?

Il prononça d'un ton sentencieux :

— J'dis qu'c'est point méprisable.

Alors Mme d'Hubières, qui tremblait d'angoisse, leur parla de l'avenir du petit, de son bonheur, et de tout l'argent qu'il pourrait leur donner plus tard.

Le paysan demanda :

— C'te rente de douze cents francs, ce s'ra promis d'vant l'notaire ?

M. d'Hubières répondit :

— Mais certainement, dès demain.

La fermière, qui méditait, reprit :

— Cent francs par mois, c'est point suffisant pour nous priver du p'tit ; ça travaillera dans quéqu'z'ans ct'éfant ; i nous faut cent vingt francs.

Mme d'Hubières, trépignant d'impatience, les accorda tout de suite ; et, comme elle voulait enlever l'enfant, elle donna cent francs en cadeau pendant que son mari faisait un écrit. Le maire et un voisin, appelé aussitôt, servirent de témoins complaisants.

Et la jeune femme, radieuse, emporta le marmot hurlant, comme on emporte un bibelot désiré d'un magasin.

Les Tuvache, sur leur porte, le regardaient partir muets, sévères, regrettant peut-être leur refus.

On n'entendit plus du tout parler du petit Jean Vallin. Les parents, chaque mois, allaient toucher leurs cent vingt francs chez le notaire ; et ils étaient fâchés avec leurs voisins parce que la mère Tuvache les agonisait d'ignominies, répétant sans cesse de porte en porte qu'il fallait être dénaturé pour vendre son enfant, que c'était une horreur, une saleté, une corromperie.

Et parfois elle prenait en ses bras son Charlot avec ostentation, lui criant, comme s'il eût compris :

— J't'ai pas vendu, mé, j't'ai pas vendu, mon p'tiot. J'vends pas m's éfants, mé. J'sieus pas riche, mais j'vends pas m's éfants.

Et, pendant des années et encore des années, ce fut ainsi chaque jour des allusions grossières qui étaient vociférées devant la porte, de façon à entrer dans la maison voisine. La mère Tuvache avait fini par se croire supérieure à toute la contrée parce qu'elle n'avait pas vendu Charlot. Et ceux qui parlaient d'elle disaient :

— J'sais ben que c'était engageant, c'est égal, elle s'a conduite comme une bonne mère.

On la citait ; et Charlot, qui prenait dix-huit ans, élevé dans cette idée qu'on lui répétait sans répit, se jugeait lui-même supérieur à ses camarades, parce qu'on ne l'avait pas vendu.

Les Vallin vivotaient à leur aise, grâce à la pension. La fureur inapaisable des Tuvache, restés misérables, venait de là.

Leur fils aîné partit au service. Le second mourut ; Charlot resta seul à peiner avec le vieux père pour nourrir la mère et deux autres sœurs cadettes qu'il avait.

Il prenait vingt et un ans, quand, un matin, une brillante voiture s'arrêta devant les deux chaumières. Un jeune monsieur, avec une chaîne de montre en or, descendit, donnant la main à une vieille dame en cheveux blancs. La vieille dame lui dit :

— C'est là, mon enfant, à la seconde maison.

Et il entra comme chez lui dans la masure des Vallin.

La vieille mère lavait ses tabliers ; le père, infirme, sommeillait près de l'âtre. Tous deux levèrent la tête, et le jeune homme dit :

— Bonjour, papa ; bonjour, maman.

Ils se dressèrent, effarés. La paysanne laissa tomber d'émoi son savon dans son eau et balbutia :

— C'est-i té, m'n éfant ? C'est-i té, m'n éfant ?

Il la prit dans ses bras et l'embrassa, en répétant : « Bonjour, maman. » Tandis que le vieux, tout tremblant, disait, de son ton calme qu'il ne perdait jamais : « Te v'là-t'i revenu, Jean ? » comme s'il l'avait vu un mois auparavant.

Et, quand ils se furent reconnus, les parents voulurent tout de suite sortir le fieu dans le pays pour le montrer. On le conduisit chez le maire, chez l'adjoint, chez le curé, chez l'instituteur.

Charlot, debout sur le seuil de sa chaumière, le regardait passer.

Le soir, au souper, il dit aux vieux :

— Faut-i qu'vous ayez été sots pour laisser prendre le p'tit aux Vallin !

Sa mère répondit obstinément :

— J'voulions point vendre not' éfant !

Le père ne disait rien.

Le fils reprit :

— C'est-i pas malheureux d'être sacrifié comme ça !

Alors le père Tuvache articula d'un ton coléreux :

— Vas-tu pas nous r'procher d' t'avoir gardé ?

Et le jeune homme, brutalement :

— Oui, j'vous le r'proche, que vous n'êtes que des niants. Des parents comme vous, ça fait l'malheur des éfants. Qu'vous mériteriez que j'vous quitte.

La bonne femme pleurait dans son assiette. Elle gémit tout en avalant des cuillerées de soupe dont elle répandait la moitié :

— Tuez-vous donc pour élever d's éfants !

Alors le gars, rudement :

— J'aimerais mieux n'être point né que d'être c'que j'suis. Quand j'ai vu l'autre, tantôt, mon sang n'a fait qu'un tour. Je m'suis dit : « V'là c'que j'serais maintenant ! »

Il se leva.

— Tenez, j'sens bien que je ferais mieux de n'pas rester ici, parce que j'vous le reprocherais du matin au soir, et que j'vous ferais une vie d'misère. Ça, voyez-vous, j'vous l'pardonnerai jamais !

Les deux vieux se taisaient, atterrés, larmoyants.

Il reprit :

— Non, c't' idée-là, ce serait trop dur. J'aime mieux m'en aller chercher ma vie aut'part !

Il ouvrit la porte. Un bruit de voix entra. Les Vallin festoyaient avec l'enfant revenu.

Alors Charlot tapa du pied et, se tournant vers ses parents, cria :

— Manants, va !

Et il disparut dans la nuit.

À CHEVAL

Les pauvres gens vivaient péniblement des petits appointements du mari. Deux enfants étaient nés depuis leur mariage, et la gêne première était devenue une de ces misères humbles, voilées, honteuses, une misère de famille noble qui veut tenir son rang quand même.

Hector de Gribelin avait été élevé en province, dans le manoir paternel, par un vieil abbé précepteur. On n'était pas riche, mais on vivotait en gardant les apparences.

Puis, à vingt ans, on lui avait cherché une position, et il était entré, commis à quinze cents francs, au ministère de la Marine. Il avait échoué sur cet écueil comme tous ceux qui ne sont point préparés de bonne heure au rude combat de la vie, tous ceux qui voient l'existence à travers un nuage, qui ignorent les moyens et les résistances, en qui on n'a pas développé dès l'enfance des aptitudes spéciales, des facultés particulières, une âpre énergie à la lutte, tous ceux à qui on n'a pas remis une arme ou un outil dans la main.

Ses trois premières années de bureau furent horribles.

Il avait retrouvé quelques amis de sa famille, vieilles gens attardés et peu fortunés aussi, qui vivaient dans les rues nobles, les tristes rues du faubourg Saint-Germain ; et il s'était fait un cercle de connaissances.

Étrangers à la vie moderne, humbles et aristocrates nécessiteux habitaient les étages élevés de maisons endormies. Du haut en bas de ces demeures, les locataires étaient titrés, mais l'argent semblait rare au premier comme au sixième.

Les éternels préjugés, la préoccupation du rang, le souci de ne pas déchoir, hantaient ces familles autrefois brillantes, et ruinées par l'inaction des hommes. Hector de Gribelin rencontra dans ce monde une jeune fille noble et pauvre comme lui, et l'épousa.

Ils eurent deux enfants en quatre ans.

Pendant quatre années encore, ce ménage, harcelé par la misère, ne connut d'autres distractions que la promenade aux Champs-Élysées, le dimanche, et quelques soirées au théâtre, une ou deux par hiver, grâce à des billets de faveur offerts par un collègue.

Mais voilà que, vers le printemps, un travail supplémentaire fut confié à l'employé par son chef, et il reçut une gratification extraordinaire de trois cents francs.

En rapportant cet argent, il dit à sa femme :

« Ma chère Henriette, il faut nous offrir quelque chose, par exemple une partie de plaisir pour les enfants. »

Et après une longue discussion, il fut décidé qu'on irait déjeuner à la campagne...

« Ma foi, s'écria Hector, une fois n'est pas coutume, nous louerons un break pour toi, les petits et la bonne, et moi je prendrai un cheval au manège. Cela me fera du bien. »

Et pendant toute la semaine on ne parla que de l'excursion projetée.

Chaque soir, en rentrant du bureau, Hector saisissait son fils aîné, le plaçait à califourchon sur sa jambe, et, en le faisant sauter de toute sa force, il lui disait :

« Voilà comment il galopera, papa, dimanche prochain, à la promenade. »

Et le gamin, tout le jour, enfourchait les chaises et les traînait autour de la salle en criant : « C'est papa à dada. »

Et la bonne elle-même regardait monsieur d'un œil émerveillé, en songeant qu'il accompagnerait la voiture à cheval ; et pendant tous les repas elle l'écoutait parler d'équitation, raconter ses exploits de jadis, chez son père. Oh ! il avait été à bonne école, et, une fois la bête entre ses jambes, il ne craignait rien, mais rien !

Il répétait à sa femme en se frottant les mains :

« Si on pouvait me donner un animal un peu difficile, je serais enchanté. Tu verras comme je monte ; et, si tu veux nous reviendrons par les Champs-Élysées au moment du retour du Bois. Comme nous ferons bonne figure, je ne serais pas fâché de rencontrer quelqu'un du Ministère. Il n'en faut pas plus pour se faire respecter de ses chefs. »

Au jour dit, la voiture et le cheval arrivèrent en même temps devant la porte. Il descendit aussitôt, pour examiner sa monture. Il avait fait coudre des sous-pieds à son pantalon, et manœuvrait une cravache achetée la veille.

Il leva et palpa, l'une après l'autre, les quatre jambes de la bête, tâta le cou, les côtes, les jarrets, éprouva du doigt les reins, ouvrit la bouche, examina les dents, déclara son âge, et, comme toute la famille descendait, il fit une sorte de petit cours théorique et pratique sur le cheval en général et en particulier sur celui-là, qu'il reconnaissait excellent.

Quand tout le monde fut bien placé dans la voiture, il vérifia les sangles de la selle ; puis, s'enlevant sur un étrier, il retomba sur l'animal, qui se mit à danser sous la charge et faillit désarçonner son cavalier.

Hector, ému, tâchait de le calmer :

« Allons, tout beau, mon ami, tout beau. »

Puis, quand le porteur eut repris sa tranquillité et le porté son aplomb, celui-ci demanda :

« Est-on prêt ? »

Toutes les voix répondirent :

« Oui. »

Alors, il commanda :

« En route ! »

Et la cavalcade s'éloigna.

Tous les regards étaient tendus vers lui, il trottait à l'anglaise en exagérant les ressauts. À peine était-il retombé sur la selle qu'il rebondissait comme pour monter dans l'espace. Souvent il semblait prêt à s'abattre sur la crinière ; et il tenait ses yeux fixes devant lui, ayant la figure crispée et les joues pâles.

Sa femme, gardant sur ses genoux un des enfants, et la bonne qui portait l'autre, répétaient sans cesse :

« Regardez papa, regardez papa ! »

Et les deux gamins, grisés par le mouvement, la joie et l'air vif, poussaient des cris aigus. Le cheval, effrayé par ces clameurs, finit par prendre le galop, et, pendant que le cavalier s'efforçait de l'arrêter, le chapeau roula par terre. Il fallut que le cocher descendît de son siège pour ramasser cette coiffure, et, quand Hector l'eut reçue de ses mains, il s'adressa de loin à sa femme :

« Empêche donc les enfants de crier comme ça : tu me ferais emporter ! »

On déjeuna sur l'herbe, dans les bois du Vésinet, avec les provisions déposées dans les coffres.

Bien que le cocher prît soin des trois chevaux, Hector à tout moment se levait pour aller voir si le sien ne manquait de rien, et il le caressait sur le cou, lui faisant manger du pain, des gâteaux, du sucre.

Il déclara :

« C'est un rude trotteur. Il m'a même un peu secoué dans les premiers moments ; mais tu as vu que je m'y suis vite remis : il a reconnu son maître, il ne bougera plus maintenant. »

Comme il avait été décidé, on revint par les Champs-Élysées.

La vaste avenue fourmillait de voitures. Et sur les côtés, les promeneurs étaient si nombreux qu'on eût dit deux longs rubans noirs se déroulant, depuis l'Arc de Triomphe jusqu'à la place de la Concorde. Une averse de soleil tombait sur tout ce monde, faisait étinceler le vernis des calèches, l'acier des harnais, les poignées des portières.

Une folie de mouvement, une ivresse de vie semblait agiter cette foule de gens, d'équipages et de bêtes. Et l'Obélisque, là-bas, se dressait dans une buée d'or.

Le cheval d'Hector, dès qu'il eut dépassé l'Arc de Triomphe, fut saisi soudain d'une ardeur nouvelle, et il filait à travers les rues, au grand trot, vers l'écurie, malgré toutes les tentatives d'apaisement de son cavalier.

La voiture était loin maintenant, loin derrière ; et voilà qu'en face du Palais de l'industrie, l'animal se voyant du champ, tourna à droite et prit le galop.

Une vieille femme en tablier traversait la chaussée d'un pas tranquille ; elle se trouvait juste sur le chemin d'Hector, qui arrivait à fond de train. Impuissant à maîtriser sa bête, il se mit à crier de toute sa force « Holà ! hé ! holà ! là-bas ! ».

Elle était sourde peut-être, car elle continua paisiblement sa route jusqu'au moment où, heurtée par le poitrail du cheval lancé comme une locomotive, elle alla rouler dix pas plus loin, les jupes en l'air, après trois culbutes sur la tête.

Des voix criaient :

« Arrêtez-le ! »

Hector, éperdu, se cramponnait à la crinière en hurlant :

« Au secours ! »

Une secousse terrible le fit passer comme une balle par-dessus les oreilles de son coursier et tomber dans les bras d'un sergent de ville qui venait de se jeter à sa rencontre.

En une seconde, un groupe furieux, gesticulant, vociférant, se forma autour de lui. Un vieux monsieur, surtout, un vieux monsieur portant une grande décoration ronde et de grandes moustaches blanches, semblait exaspéré. Il répétait :

« Sacrebleu, quand on est maladroit comme ça, on reste chez soi ! On ne vient pas tuer les gens dans la rue quand on ne sait pas conduire un cheval. » Mais quatre hommes, portant la vieille, apparurent. Elle semblait morte, avec sa figure jaune et son bonnet de travers, tout gris de poussière.

« Portez cette femme chez un pharmacien, commanda le vieux monsieur, et allons chez le commissaire de police. »

Hector, entre les deux agents, se mit en route. Un troisième tenait son cheval. Une foule suivait ; et soudain le break parut. Sa femme s'élança, la bonne perdait la tête, les marmots piaillaient. Il expliqua qu'il allait rentrer, qu'il avait renversé une femme, que ce n'était rien. Et sa famille, affolée, s'éloigna.

Chez le commissaire, l'explication fut courte. Il donna son nom, Hector de Gribelin, attaché au ministère de la Marine ; et on attendit des nouvelles de la blessée. Un agent envoyé aux renseignements revint. Elle avait repris connaissance, mais elle souffrait effroyablement en dedans, disait-elle. C'était une femme de ménage, âgée de soixante-cinq ans, et dénommée Mme Simon.

Quand il sut qu'elle n'était pas morte, Hector reprit espoir et promit de subvenir aux frais de sa guérison. Puis il courut chez le pharmacien.

Une cohue stationnait devant la porte ; la bonne femme, affaissée dans un fauteuil, geignait les mains inertes, la face abrutie. Deux médecins l'examinaient encore. Aucun membre n'était cassé, mais on craignait une lésion interne.

Hector lui parla

« Souffrez-vous beaucoup ?

— Oh ! oui.

— Où ça ?

— C'est comme un feu que j'aurais dans les estomacs. »

Un médecin s'approcha :

« C'est vous, Monsieur, qui êtes l'auteur de l'accident ?

— Oui, Monsieur.

— Il faudrait envoyer cette femme dans une maison de santé ; j'en connais une où on la recevrait à six francs par jour. Voulez-vous que je m'en charge ? »

Hector, ravi, remercia et rentra chez lui soulagé.

Sa femme l'attendait dans les larmes : il l'apaisa.

« Ce n'est rien, cette dame Simon va déjà mieux, dans trois jours, il n'y paraîtra plus ; je l'ai envoyée dans une maison de santé ; ce n'est rien. »

Ce n'est rien !

En sortant de son bureau, le lendemain, il alla prendre des nouvelles de Mme Simon. Il la trouva en train de manger un bouillon gras d'un air satisfait.

« Eh bien ? » dit-il.

Elle répondit :

« Oh ! mon pauv' monsieur, ça n'change pas. Je me sens quasiment anéantie. N'y a pas de mieux. »

Le médecin déclara qu'il fallait attendre, une complication pouvant survenir.

Il attendit trois jours, puis il revint. La vieille femme, le teint clair, l'œil limpide, se mit à geindre en l'apercevant :

« Je n'peux pu r'muer, mon pauv' monsieur ; je n'peux pu. J'en ai pour jusqu'à la fin de mes jours. » Un frisson courut dans les os d'Hector. Il demanda le médecin. Le médecin leva les bras :

« Que voulez-vous, Monsieur, je ne sais pas, moi. Elle hurle quand on essaie de la soulever. On ne peut même changer de place son fauteuil sans lui faire pousser des cris déchirants. Je dois croire ce qu'elle me dit, Monsieur ; je ne suis pas dedans. Tant que je ne l'aurai pas vue marcher, je n'ai pas le droit de supposer un mensonge de sa part. »

La vieille écoutait, immobile, l'œil sournois.

Huit jours se passèrent ; puis quinze, puis un mois.

Mme Simon ne quittait pas son fauteuil. Elle mangeait du matin au soir, engraissait, causait gaiement avec les autres malades, semblait accoutumée à l'immobilité comme si c'eût été le repos bien gagné par ses cinquante ans d'escaliers montés et descendus, de matelas retournés, de charbon porté d'étage en étage, de coups de balai et de coups de brosse.

Hector, éperdu, venait chaque jour; chaque jour il la trouvait tranquille et sereine, et déclarant :

« Je n'peux pu r'muer, mon pauv' monsieur, je n'peux pu. »

Chaque soir, Mme de Gribelin demandait, dévorée d'angoisse :

« Et Mme Simon ? »

Et, chaque fois, il répondait avec un abattement désespéré :

« Rien de changé, absolument rien ! » On renvoya la bonne, dont les gages devenaient trop lourds. On économisa davantage encore, la gratification tout entière y passa.

Alors Hector assembla quatre grands médecins qui se réunirent autour de la vieille. Elle se laissa examiner, tâter, palper, en les guettant d'un œil malin.

« Il faut la faire marcher », dit l'un.

Elle s'écria :

« Je n'peux pu, mes bons messieurs, je n'peux pu ! »

Alors ils l'empoignèrent, la soulevèrent, la traînèrent quelques pas ; mais elle leur échappa des mains et s'écroula sur le plancher en poussant des clameurs si épouvantables qu'ils la reportèrent sur son siège avec des précautions infinies.

Ils émirent une opinion discrète, concluant cependant à l'impossibilité du travail.

Et, quand Hector apporta cette nouvelle à sa femme, elle se laissa choir sur une chaise en balbutiant :

« Il vaudrait encore mieux la prendre ici, ça coûterait moins cher. »

Il bondit :

« Ici, chez nous, y penses-tu ? »

Mais elle répondit, résignée à tout maintenant, et avec des larmes dans les yeux :

« Que veux-tu, mon ami, ce n'est pas ma faute !... »

LE PAPA DE SIMON

Midi finissait de sonner. La porte de l'école s'ouvrit, et les gamins se précipitèrent en se bousculant pour sortir plus vite. Mais au lieu de se disperser rapidement et de rentrer dîner, comme ils le faisaient chaque jour, ils s'arrêtèrent à quelques pas, se réunirent par groupes et se mirent à chuchoter.

C'est que, ce matin-là, Simon, le fils de la Blanchotte, était venu à la classe pour la première fois.

Tous avaient entendu parler de la Blanchotte dans leurs familles ; et quoiqu'on lui fît bon accueil en public, les mères la traitaient entre elles avec une sorte de compassion un peu méprisante qui avait gagné les enfants sans qu'ils sussent du tout pourquoi.

Quant à Simon, ils ne le connaissaient pas, car il ne sortait jamais et il ne galopinait point avec eux dans les rues du village ou sur les bords de la rivière. Aussi ne l'aimaient-ils guère ; et c'était avec une certaine joie, mêlée d'un étonnement considérable, qu'ils avaient accueilli et qu'ils s'étaient répété l'un à l'autre cette parole dite par un gars de quatorze ou quinze ans qui paraissait en savoir long tant il clignait finement des yeux :

— Vous savez… Simon… eh bien, il n'a pas de papa.

Le fils de la Blanchotte parut à son tour sur le seuil de l'école.

Il avait sept ou huit ans. Il était un peu pâlot, très propre, avec l'air timide, presque gauche.

Il s'en retournait chez sa mère quand les groupes de ses camarades, chuchotant toujours et le regardant avec les yeux malins et cruels des enfants qui méditent un mauvais coup, l'entourèrent peu à peu et finirent par l'enfermer tout à fait. Il restait là, planté au milieu d'eux, surpris et embarrassé, sans comprendre ce qu'on allait lui faire. Mais le gars qui avait apporté la nouvelle, enorgueilli du succès obtenu déjà, lui demanda :

— Comment t'appelles-tu, toi ?

Il répondit : « Simon. »

— Simon quoi ? reprit l'autre.

L'enfant répéta tout confus : « Simon. »

Le gars lui cria : « On s'appelle Simon quelque chose… c'est pas un nom ça… Simon. »

Et lui, prêt à pleurer, répondit pour la troisième fois :

— Je m'appelle Simon.

Les galopins se mirent à rire. Le gars triomphant éleva la voix : « Vous voyez bien qu'il n'a pas de papa. »

Un grand silence se fit. Les enfants étaient stupéfaits par cette chose extraordinaire, impossible, monstrueuse, – un garçon qui n'a pas de papa – ils le regardaient comme un phénomène, un être hors de la nature, et ils sentaient grandir en eux ce mépris, inexpliqué jusque-là, de leurs mères pour la Blanchotte.

Quant à Simon, il s'était appuyé contre un arbre pour ne pas tomber ; et il restait comme atterré par un désastre irréparable. Il cherchait à s'expliquer. Mais il ne pouvait rien trouver pour leur répondre, et démentir cette chose affreuse qu'il n'avait pas de papa. Enfin, livide, il leur cria à tout hasard : « Si, j'en ai un. »

— Où est-il ? demanda le gars.

Simon se tut ; il ne savait pas. Les enfants riaient, très excités ; et ces fils des champs, plus proches des bêtes, éprouvaient ce besoin cruel qui pousse les poules d'une basse-cour à achever l'une d'entre elles aussitôt qu'elle est blessée. Simon avisa tout à coup un petit voisin, le fils d'une veuve, qu'il avait toujours vu, comme lui-même, tout seul avec sa mère.

— Et toi non plus, dit-il, tu n'as pas de papa.

— Si, répondit l'autre, j'en ai un.

— Où est-il ? riposta Simon.

— Il est mort, déclara l'enfant avec une fierté superbe, il est au cimetière, mon papa.

Un murmure d'approbation courut parmi les garnements, comme si ce fait d'avoir son père mort au cimetière eût grandi leur camarade pour écraser cet autre qui n'en avait point du tout. Et ces polissons, dont les pères étaient, pour la plupart, méchants, ivrognes, voleurs et durs à leurs femmes, se bousculaient en se serrant de plus en plus, comme si eux, les légitimes, eussent voulu étouffer dans une pression celui qui était hors la loi.

L'un, tout à coup, qui se trouvait contre Simon, lui tira la langue d'un air narquois et lui cria :

— Pas de papa ! pas de papa !

Simon le saisit à deux mains aux cheveux et se mit à lui cribler les jambes de coups de pied, pendant qu'il lui mordait la joue cruellement. Il se fit une bousculade énorme. Les deux combattants furent séparés, et Simon se trouva frappé, déchiré, meurtri, roulé par terre, au milieu du cercle des galopins qui applaudissaient. Comme il se relevait, en nettoyant machinalement avec sa main sa petite blouse toute sale de poussière, quelqu'un lui cria :

— Va le dire à ton papa.

Alors il sentit dans son cœur un grand écroulement. Ils étaient plus forts que lui, ils l'avaient battu, et il ne pouvait point leur répondre, car il sentait bien que c'était vrai qu'il n'avait pas de papa. Plein d'orgueil, il essaya pendant quelques secondes de lutter contre les larmes qui l'étranglaient. Il eut une suffocation, puis, sans cris, il se mit à pleurer par grands sanglots qui le secouaient précipitamment.

Alors une joie féroce éclata chez ses ennemis, et naturellement, ainsi que les sauvages dans leurs gaietés terribles, ils se prirent par la main et se mirent à danser en rond autour de lui, en répétant comme un refrain : « Pas de papa ! pas de papa ! »

Mais Simon tout à coup cessa de sangloter. Une rage l'affola. Il y avait des pierres sous ses pieds ; il les ramassa et, de toutes ses forces, les lança contre ses bourreaux. Deux ou trois furent atteints et se sauvèrent en criant ; et il avait l'air tellement formidable qu'une panique eut lieu parmi les autres. Lâches, comme l'est toujours la foule devant un homme exaspéré, ils se débandèrent et s'enfuirent.

Resté seul, le petit enfant sans père se mit à courir vers les champs, car un souvenir lui était venu qui avait amené dans son esprit une grande résolution. Il voulait se noyer dans la rivière.

Il se rappelait en effet que, huit jours auparavant, un pauvre diable qui mendiait sa vie s'était jeté dans l'eau parce qu'il n'avait plus d'argent. Simon était là lorsqu'on le repêchait ; et le triste bonhomme, qui lui semblait ordinairement lamentable, malpropre et laid, l'avait alors frappé par son air tranquille, avec ses joues pâles, sa longue barbe mouillée et ses yeux ouverts, très calmes. On avait dit alentour: « Il est mort. » Quelqu'un avait ajouté: « Il est bien heureux maintenant. » – Et Simon voulait aussi se noyer parce qu'il n'avait pas de père, comme ce misérable qui n'avait pas d'argent.

Il arriva tout près de l'eau et la regarda couler. Quelques poissons folâtraient, rapides, dans le courant clair, et, par moments, faisaient un petit bond et happaient des mouches voltigeant à la surface. Il cessa de pleurer pour les voir, car leur manège l'intéressait beaucoup. Mais, parfois, comme dans les accalmies d'une tempête passent tout à coup de grandes rafales de vent qui font craquer les arbres et se perdent à l'horizon, cette pensée lui revenait avec une douleur aiguë: – « Je vais me noyer parce que je n'ai point de papa. »

Il faisait très chaud, très bon. Le doux soleil chauffait l'herbe. L'eau brillait comme un miroir. Et Simon avait des minutes de béatitude, de cet alanguissement qui suit les larmes, où il lui venait de grandes envies de s'endormir là, sur l'herbe, dans la chaleur.

Une petite grenouille verte sauta sous ses pieds. Il essaya de la prendre. Elle lui échappa. Il la poursuivit et la manqua trois fois de suite. Enfin il la saisit par l'extrémité de ses pattes de derrière et il se mit à rire en voyant les efforts que faisait la bête pour s'échapper. Elle se ramassait sur ses grandes jambes, puis, d'une détente brusque, les allongeait subitement, roides comme deux barres; tandis que, l'œil tout rond avec son cercle d'or, elle battait l'air de ses pattes de devant qui s'agitaient comme des mains. Cela lui rappela un joujou fait avec d'étroites planchettes de bois clouées en zigzag les unes sur les autres, qui, par un mouvement semblable, conduisaient l'exercice de petits soldats piqués dessus. Alors, il pensa à sa maison, puis à sa mère, et, pris d'une grande tristesse, il recommença à pleurer. Des frissons lui passaient dans les membres ; il se mit à genoux et récita sa prière comme avant de s'endormir. Mais il ne put l'achever, car des sanglots lui revinrent si pressés, si tumultueux, qu'ils l'envahirent tout entier. Il ne pensait plus ; il ne voyait plus rien autour de lui et il n'était occupé qu'à pleurer.

Soudain, une lourde main s'appuya sur son épaule et une grosse voix lui demanda : « Qu'est-ce qui te fait donc tant de chagrin, mon bonhomme ? »

Simon se retourna. Un grand ouvrier qui avait une barbe et des cheveux noirs tout frisés le regardait d'un air bon. Il répondit avec des larmes plein les yeux et plein la gorge :

— Ils m'ont battu… parce que… je… je… n'ai pas… de papa… pas de papa…

— Comment, dit l'homme en souriant, mais tout le monde en a un.

L'enfant reprit péniblement au milieu des spasmes de son chagrin : « Moi… moi… je n'en ai pas. »

Alors l'ouvrier devint grave ; il avait reconnu le fils de la Blanchotte, et, quoique nouveau dans le pays, il savait vaguement son histoire.

— Allons, dit-il, console-toi, mon garçon, et viens-t'en avec moi chez ta maman. On t'en donnera… un papa.

Ils se mirent en route, le grand tenant le petit par la main, et l'homme souriait de nouveau, car il n'était pas fâché de voir cette Blanchotte, qui était, contait-on, une des plus belles filles du pays ; et il se disait peut-être, au fond de sa pensée, qu'une jeunesse qui avait failli pouvait bien faillir encore.

Ils arrivèrent devant une petite maison blanche, très propre.

— C'est là, dit l'enfant, et il cria : « Maman ! »

Une femme se montra, et l'ouvrier cessa brusquement de sourire, car il comprit tout de suite qu'on ne badinait plus avec cette grande fille pâle qui restait sévère sur sa porte, comme pour défendre à un homme le seuil de cette maison où elle avait été déjà trahie par un autre. Intimidé et sa casquette à la main, il balbutia :

— Tenez, Madame, je vous ramène votre petit garçon qui s'était perdu près de la rivière.

Mais Simon sauta au cou de sa mère et lui dit en se remettant à pleurer :

— Non, maman, j'ai voulu me noyer, parce que les autres m'ont battu… m'ont battu… parce que je n'ai pas de papa.

Une rougeur cuisante couvrit les joues de la jeune femme, et, meurtrie jusqu'au fond de sa chair, elle embrassa son enfant avec violence pendant que des larmes rapides lui coulaient sur la figure. L'homme ému restait là, ne sachant comment partir. Mais Simon soudain courut vers lui et lui dit :

— Voulez-vous être mon papa ?

Un grand silence se fit. La Blanchotte, muette et torturée de honte, s'appuyait contre le mur, les deux mains sur son cœur. L'enfant, voyant qu'on ne lui répondait point, reprit :

— Si vous ne voulez pas, je retournerai me noyer.

L'ouvrier prit la chose en plaisanterie et répondit en riant :

— Mais oui, je veux bien.

— Comment est-ce que tu t'appelles, demanda alors l'enfant, pour que je réponde aux autres quand ils voudront savoir ton nom ?

— Philippe, répondit l'homme.

Simon se tut une seconde pour bien faire entrer ce nom-là dans sa tête, puis il tendit les bras, tout consolé, en disant :

— Eh bien ! Philippe, tu es mon papa.

L'ouvrier, l'enlevant de terre, l'embrassa brusquement sur les deux joues, puis il s'enfuit très vite à grandes enjambées.

Quand l'enfant entra dans l'école, le lendemain, un rire méchant l'accueillit ; et à la sortie, lorsque le gars voulut recommencer, Simon lui jeta ces mots à la tête, comme il aurait fait d'une pierre : « Il s'appelle Philippe, mon papa. »

Des hurlements de joie jaillirent de tous les côtés :

— Philippe qui ? Philippe quoi ? Qu'est-ce que c'est que ça, Philippe ?... Où l'as-tu pris ton Philippe ?

Simon ne répondit rien ; et, inébranlable dans sa foi, il les défiait de l'œil, prêt à se laisser martyriser plutôt que de fuir devant eux. Le maître d'école le délivra et il retourna chez sa mère.

Pendant trois mois, le grand ouvrier Philippe passa souvent auprès de la maison de la Blanchotte et, quelquefois, il s'enhardissait à lui parler lorsqu'il la voyait cousant auprès de sa fenêtre. Elle lui répondait poliment, toujours grave, sans rire jamais avec lui, et sans le laisser entrer chez elle. Cependant, un peu fat, comme tous les hommes, il s'imagina qu'elle était souvent plus rouge que de coutume lorsqu'elle causait avec lui.

Mais une réputation tombée est si pénible à refaire et demeure toujours si fragile, que, malgré la réserve ombrageuse de la Blanchotte, on jasait déjà dans le pays.

Quant à Simon, il aimait beaucoup son nouveau papa et se promenait avec lui presque tous les soirs, la journée finie. Il allait assidûment à l'école et passait au milieu de ses camarades fort digne, sans leur répondre jamais.

Un jour, pourtant, le gars qui l'avait attaqué le premier lui dit :

— Tu as menti, tu n'as pas un papa qui s'appelle Philippe.

— Pourquoi ça ? demanda Simon très ému.

Le gars se frottait les mains. Il reprit :

— Parce que si tu en avais un, il serait le mari de ta maman.

Simon se troubla devant la justesse de ce raisonnement, néanmoins il répondit : « C'est mon papa tout de même. »

— Ça se peut bien, dit le gars en ricanant, mais ce n'est pas ton papa tout à fait.

Le petit à la Blanchotte courba la tête et s'en alla rêveur du côté de la forge au père Loizon, où travaillait Philippe.

Cette forge était comme ensevelie sous des arbres. Il y faisait très sombre ; seule, la lueur rouge d'un foyer formidable éclairait par grands reflets cinq forgerons aux bras nus qui frappaient sur leurs enclumes avec un terrible fracas. Ils se tenaient debout, enflammés comme des démons, les yeux fixés sur le fer ardent qu'ils torturaient ; et leur lourde pensée montait et retombait avec leurs marteaux.

Simon entra sans être vu et alla tout doucement tirer son ami par la manche. Celui-ci se retourna. Soudain le travail s'interrompit, et tous les hommes regardèrent, très attentifs.

Alors, au milieu de ce silence inaccoutumé, monta la petite voix frêle de Simon.

— Dis donc, Philippe, le gars à la Michaude m'a conté tout à l'heure que tu n'étais pas mon papa tout à fait.

— Pourquoi ça ? demanda l'ouvrier.

L'enfant répondit avec toute sa naïveté :

— Parce que tu n'es pas le mari de maman.

Personne ne rit. Philippe resta debout, appuyant son front sur le dos de ses grosses mains que supportait le manche de son marteau dressé sur l'enclume. Il rêvait. Ses quatre compagnons le regardaient et, tout petit entre ces géants, Simon, anxieux, attendait. Tout à coup, un des forgerons, répondant à la pensée de tous, dit à Philippe :

— C'est tout de même une bonne et brave fille que la Blanchotte, et vaillante et rangée malgré son malheur, et qui serait une digne femme pour un honnête homme.

— Ça, c'est vrai, dirent les trois autres.

L'ouvrier continua :

— Est-ce sa faute, à cette fille, si elle a failli ? On lui avait promis mariage, et j'en connais plus d'une qu'on respecte bien aujourd'hui et qui en a fait tout autant.

— Ça, c'est vrai, répondirent en chœur les trois hommes.

Il reprit : « Ce qu'elle a peiné, la pauvre, pour élever son gars toute seule, et ce qu'elle a pleuré depuis qu'elle ne sort plus que pour aller à l'église, il n'y a que le bon Dieu qui le sait. »

— C'est encore vrai, dirent les autres.

Alors on n'entendit plus que le soufflet qui activait le feu du foyer. Philippe, brusquement, se pencha vers Simon :

— Va dire à ta maman que j'irai lui parler ce soir.

Puis il poussa l'enfant dehors par les épaules.

Il revint à son travail et, d'un seul coup, les cinq marteaux retombèrent ensemble sur les enclumes. Ils battirent ainsi le fer jusqu'à la nuit, forts, puissants, joyeux comme des marteaux satisfaits. Mais, de même que le bourdon d'une cathédrale résonne dans les jours de fête au-dessus du tintement des autres cloches, ainsi le marteau de Philippe, dominant le fracas des autres, s'abattait de seconde en seconde avec un vacarme assourdissant. Et lui, l'œil allumé, forgeait passionnément, debout dans les étincelles.

Le ciel était plein d'étoiles quand il vint frapper à la porte de la Blanchotte. Il avait sa blouse des dimanches, une chemise fraîche et la barbe faite. La jeune femme se montra sur le seuil et lui dit d'un air peiné : « C'est mal de venir ainsi la nuit tombée, Monsieur Philippe. »

Il voulut répondre, balbutia et resta confus devant elle.

Elle reprit : « Vous comprenez bien pourtant qu'il ne faut plus que l'on parle de moi. »

Alors, lui, tout à coup :

— Qu'est-ce que ça fait, dit-il, si vous voulez être ma femme !

Aucune voix ne lui répondit, mais il crut entendre dans l'ombre de la chambre le bruit d'un corps qui s'affaissait. Il entra bien vite ; et Simon, qui était couché dans son lit, distingua le son d'un baiser et quelques mots que sa mère murmurait bien bas. Puis, tout à coup, il se sentit enlevé dans les mains de son ami, et celui-ci, le tenant au bout de ses bras d'hercule, lui cria :

— Tu leur diras, à tes camarades, que ton papa c'est Philippe Remy, le forgeron, et qu'il ira tirer les oreilles à tous ceux qui te feront du mal.

Le lendemain, comme l'école était pleine et que la classe allait commencer, le petit Simon se leva, tout pâle et les lèvres tremblantes : « Mon papa, dit-il d'une voix claire, c'est Philippe Remy, le forgeron, et il a promis qu'il tirerait les oreilles à tous ceux qui me feraient du mal. »

Cette fois, personne ne rit plus, car on le connaissait bien ce Philippe Remy, le forgeron, et c'était un papa, celui-là, dont tout le monde eût été fier.

UNE FAMILLE

I

J'allais revoir mon ami Simon Radevin que je n'avais point aperçu depuis quinze ans.

Autrefois c'était mon meilleur ami, l'ami de ma pensée, celui avec qui on passe les longues soirées tranquilles et gaies, celui à qui on dit les choses intimes du cœur, pour qui on trouve, en causant doucement, les idées rares, fines, ingénieuses, délicates, nées de la sympathie même qui excite l'esprit et le met à l'aise.

Pendant bien des années, nous ne nous étions guère quittés. Nous avions vécu, voyagé, songé, rêvé ensemble, aimé les choses d'un même amour, admiré les mêmes livres, compris les mêmes œuvres, frémi des mêmes sensations, et si souvent ri des mêmes êtres que nous nous comprenions complètement, rien qu'en échangeant un coup d'œil.

Puis il s'était marié. Il avait épousé tout à coup une fille de province venue à Paris pour chercher un fiancé. Comment cette petite blondasse, maigre, aux mains niaises, aux yeux clairs et vides, à la voix fraîche et bête, pareille à cent mille poupées à marier, avait-elle cueilli ce garçon intelligent et fin ?

Peut-on comprendre ces choses-là ? Il avait sans doute espéré le bonheur simple, doux et long entre les bras d'une femme tendre et fidèle et il avait entrevu cela, dans le regard transparent de cette gamine aux cheveux pâles.

Il n'avait pas songé que l'homme actif, vivant et vibrant, se fatigue de tout dès qu'il a saisi la stupide réalité, à moins qu'il ne s'abrutisse au point de ne plus rien comprendre.

Comment allais-je le retrouver ? Toujours vif, spirituel, rieur et enthousiaste, ou bien endormi par la vie provinciale ? Un homme peut changer en quinze ans.

II

Le train s'arrêta dans une petite gare. Comme je descendais de wagon, un gros, un très gros homme aux joues rouges, au ventre rebondi, s'élança vers moi, les bras ouverts, en criant : « Georges. » Je l'embrassai, mais je ne l'avais pas reconnu. Puis je murmurai stupéfait : « Cristi, tu n'as pas maigri. » Il répondit en riant : « Que veux-tu ? La bonne vie ! la bonne table ! les bonnes nuits ! Manger et dormir, voilà mon existence ! »

Je le contemplai, cherchant dans cette large figure les traits aimés. L'œil seul n'avait point changé ; mais je ne retrouvais plus le regard et je me disais : « S'il est vrai que le regard est le reflet de la pensée, la pensée de cette tête-là n'est plus celle d'autrefois, celle que je connaissais si bien. »

L'œil brillait pourtant, plein de joie et d'amitié : mais il n'avait plus cette clarté intelligente qui exprime, autant que la parole, la valeur d'un esprit.

Tout à coup Simon me dit :

« Tiens, voici mes deux aînés. »

Une fillette de quatorze ans, presque femme, et un garçon de treize ans, vêtu en collégien, s'avancèrent d'un air timide et gauche.

Je murmurai : « C'est à toi ? »

Il répondit en riant : « Mais, oui.

— Combien en as-tu donc ?

— Cinq ! Encore trois restés à la maison ! »

Il avait répondu cela d'un air fier, content, presque triomphant ; et moi je me sentais saisi de pitié profonde, mêlée d'un vague mépris, pour ce reproducteur orgueilleux et naïf qui passait ses nuits à faire des enfants entre deux sommes, dans sa maison de province, comme un lapin dans une cage.

Je montai dans une voiture qu'il conduisait lui-même et nous voici partis à travers la ville ; triste ville, somnolente et terne, où rien ne remuait par les rues, sauf quelques chiens et deux ou trois bonnes. De temps en temps, un boutiquier, sur sa porte, ôtait son chapeau ; Simon rendait le salut et nommait l'homme pour me prouver sans doute qu'il connaissait tous les habitants par leur nom. La pensée me vint qu'il songeait à la députation, ce rêve de tous les enterrés de province.

On eut vite traversé la cité, et la voiture entra dans un jardin qui avait des prétentions de parc, puis s'arrêta devant une maison à tourelles qui cherchait à passer pour un château.

« Voilà mon trou », disait Simon pour obtenir un compliment.

Je répondis :

« C'est délicieux. »

Sur le perron, une dame apparut, parée pour la visite, coiffée pour la visite, avec des phrases prêtes pour la visite. Ce n'était plus la fillette blondasse et fade que j'avais vue à l'église quinze ans plus tôt, mais une grosse dame à falbalas et à frisons, une de ces dames sans âge, sans caractère, sans élégance, sans esprit, sans rien de ce qui constitue une femme. C'était une mère, enfin, une grosse mère banale, la pondeuse, la poulinière humaine, la machine de chair qui procrée sans autre préoccupation dans l'âme que ses enfants et son livre de cuisine.

Elle me souhaita la bienvenue et j'entrai dans le vestibule où trois mioches alignés par rang de taille semblaient placés là pour une revue comme des pompiers devant un maire.

Je dis :

« Ah ! Ah ! voici les autres ? »

Simon, radieux, les nomma : « Jean, Sophie et Gontran. »

La porte du salon était ouverte. J'y pénétrai et j'aperçus au fond d'un fauteuil quelque chose qui tremblotait, un homme, un vieux homme paralysé.

Mme Radevin s'avança :

« C'est mon grand-père, Monsieur. Il a quatre-vingt-sept ans. »

Puis elle cria dans l'oreille du vieillard trépidant : « C'est un ami de Simon, papa. » L'ancêtre fit un effort pour me dire bonjour et il vagit : « Oua, oua, oua », en agitant sa main. Je répondis : « Vous êtes trop aimable, Monsieur », et je tombai sur un siège.

Simon venait d'entrer, il riait :

« Ah ! ah ! tu as fait la connaissance de bon-papa. Il est impayable, ce vieux ; c'est la distraction des enfants. Il est gourmand, mon cher, à se faire mourir à tous les repas. Tu ne te figures point ce qu'il mangerait si on le laissait libre. Mais tu verras, tu verras. Il fait de l'œil aux plats sucrés comme si c'était des demoiselles. Tu n'as jamais rien rencontré de plus drôle, tu verras tout à l'heure. »

Puis on me conduisit dans ma chambre, pour faire ma toilette, car l'heure du dîner approchait. J'entendais dans l'escalier un grand piétinement et je me retournai. Tous les enfants me suivaient en procession, derrière leur père, sans doute pour me faire honneur.

Ma chambre donnait sur la plaine, une plaine sans fin, toute nue, un océan d'herbes, de blés, et d'avoine, sans un bouquet d'arbres ni un coteau, image saisissante et triste de la vie qu'on devait mener dans cette maison.

Une cloche sonna. C'était pour le dîner. Je descendis.

Mme Radevin prit mon bras d'un air cérémonieux et on passa dans la salle à manger. Un domestique roulait le fauteuil du vieux qui, à peine placé devant son assiette, promena sur le dessert un regard avide et curieux en tournant avec peine, d'un plat vers l'autre, sa tête branlante.

Alors Simon se frotta les mains : « Tu vas t'amuser », me dit-il. Et tous les enfants, comprenant qu'on allait me donner le spectacle de grand-papa gourmand, se mirent à rire en même temps, tandis que leur mère souriait seulement en haussant les épaules.

Radevin se mit à hurler vers le vieillard en formant portevoix de ses mains.

« Nous avons ce soir de la crème au riz sucré ! »

La face ridée de l'aïeul s'illumina et il trembla plus fort de haut en bas, pour m'indiquer qu'il avait compris et qu'il était content.

Et on commença à dîner.

« Regarde », murmura Simon. Le grand-père n'aimait pas la soupe et refusait d'en manger. On l'y forçait, pour sa santé ; et le domestique lui enfonçait de force dans la bouche la cuiller pleine, tandis qu'il soufflait avec énergie, pour ne pas avaler le bouillon rejeté ainsi en jet d'eau sur la table et sur ses voisins.

Les petits enfants se tordaient de joie, tandis que leur père, très content, répétait : « Est-il drôle, ce vieux ! »

Et tout le long du repas on ne s'occupa que de lui. Il dévorait du regard les plats posés sur la table ; et de sa main follement agitée essayait de les saisir et de les attirer à lui. On les posait presque à portée pour voir ses efforts éperdus, son élan tremblotant vers eux, l'appel désolé de tout son être, de son œil, de sa bouche, de son nez qui les flairait. Et il bavait d'envie sur sa serviette en poussant des grognements inarticulés. Et toute la famille se réjouissait de ce supplice odieux et grotesque.

Puis on lui servait sur son assiette un tout petit morceau qu'il mangeait avec une gloutonnerie fiévreuse, pour avoir plus vite autre chose.

Quand arriva le riz sucré, il eut presque une convulsion. Il gémissait de désir.

Gontran lui cria : « Vous avez trop mangé, vous n'en aurez pas ! » Et on fit semblant de ne lui en point donner.

Alors il se mit à pleurer. Il pleurait en tremblant plus fort, tandis que tous les enfants riaient.

On lui apporta enfin sa part, une toute petite part ; et il fit, en mangeant la première bouchée de l'entremets, un bruit de gorge comique et glouton, et un mouvement du cou pareil à celui des canards qui avalent un morceau trop gros.

Puis, quand il eut fini, il se mit à trépigner pour en obtenir encore.

Pris de pitié devant la torture de ce Tantale attendrissant et ridicule, j'implorai pour lui :

« Voyons, donne-lui encore un peu de riz ! »

Simon répondit : « Oh ! non, mon cher, s'il mangeait trop, à son âge, ça pourrait lui faire mal. »

Je me tus, rêvant sur cette parole. Ô morale, ô logique, ô sagesse ! À son âge ! Donc, on le privait du seul plaisir qu'il pouvait encore goûter, par souci de sa santé ! Sa santé ! qu'en ferait-il, ce débris inerte et tremblotant ? On ménageait ses jours, comme on dit. Ses jours ? Combien de jours ? Dix, vingt, cinquante ou cent ? Pourquoi ? Pour lui ? Ou pour conserver plus longtemps à la famille le spectacle de sa gourmandise impuissante ?

Il n'avait plus rien à faire en cette vie, plus rien. Un seul désir lui restait, une seule joie ; pourquoi ne pas lui donner entièrement cette joie dernière, la lui donner jusqu'à ce qu'il en mourût !

Puis, après une longue partie de cartes, je montai dans ma chambre pour me coucher : j'étais triste, triste, triste !

Et je me mis à ma fenêtre. On n'entendait rien au-dehors qu'un très léger, très doux, très joli gazouillement d'oiseau dans un arbre, quelque part. Cet oiseau devait chanter ainsi, à voix basse, dans la nuit, pour bercer sa femelle endormie sur ses œufs.

Et je pensai aux cinq enfants de mon pauvre ami, qui devait ronfler maintenant aux côtés de sa vilaine femme.

MON ONCLE JULES

À M. Achille Bénouville.

Un vieux pauvre, à barbe blanche, nous demanda l'aumône. Mon camarade Joseph Davranche lui donna cent sous. Je fus surpris. Il me dit :

— Ce misérable m'a rappelé une histoire que je vais te dire et dont le souvenir me poursuit sans cesse. La voici :

Ma famille, originaire du Havre, n'était pas riche. On s'en tirait, voilà tout. Le père travaillait, rentrait tard du bureau et ne gagnait pas grand-chose. J'avais deux sœurs.

Ma mère souffrait beaucoup de la gêne où nous vivions, et elle trouvait souvent des paroles aigres pour son mari, des reproches voilés et perfides. Le pauvre homme avait alors un geste qui me navrait. Il se passait la main ouverte sur le front, comme pour essuyer une sueur qui n'existait pas, et il ne répondait rien. Je sentais sa douleur impuissante. On économisait sur tout ; on n'acceptait jamais un dîner, pour n'avoir pas à le rendre ; on achetait les provisions au rabais, les fonds de boutique. Mes sœurs faisaient leurs robes elles-mêmes et avaient de longues discussions sur le prix du galon qui valait quinze centimes le mètre. Notre nourriture ordinaire consistait en soupe grasse et bœuf accommodé à toutes les sauces. Cela est sain et réconfortant, paraît-il ; j'aurais préféré autre chose.

On me faisait des scènes abominables pour les boutons perdus et les pantalons déchirés.

Mais chaque dimanche nous allions faire notre tour de jetée en grande tenue. Mon père, en redingote, en grand chapeau, en gants, offrait le bras à ma mère, pavoisée comme un navire un jour de fête. Mes sœurs, prêtes les premières, attendaient le signal du départ ; mais, au dernier moment, on découvrait toujours une tache oubliée sur la redingote du père de famille, et il fallait bien vite l'effacer avec un chiffon mouillé de benzine.

Mon père, gardant son grand chapeau sur la tête, attendait, en manches de chemise, que l'opération fût terminée, tandis que ma mère se hâtait, ayant ajusté ses lunettes de myope, et ôté ses gants pour ne les pas gâter.

On se mettait en route avec cérémonie. Mes sœurs marchaient devant, en se donnant le bras. Elles étaient en âge de mariage, et on en faisait montre en ville. Je me tenais à gauche de ma mère, dont mon père gardait la droite. Et je me rappelle l'air pompeux de mes pauvres parents dans ces promenades du dimanche, la rigidité de leurs traits, la sévérité de leur allure. Ils avançaient d'un pas grave, le corps droit, les jambes raides, comme si une affaire d'une importance extrême eût dépendu de leur tenue.

Et chaque dimanche, en voyant entrer les grands navires qui revenaient de pays inconnus et lointains, mon père prononçait invariablement les mêmes paroles :

— Hein ! si Jules était là-dedans, quelle surprise !

Mon oncle Jules, le frère de mon père, était le seul espoir de la famille, après en avoir été la terreur. J'avais entendu parler de lui depuis mon enfance, et il me semblait que je l'aurais reconnu du premier coup, tant sa pensée m'était devenue familière. Je savais tous les détails de son existence jusqu'au jour de son départ pour l'Amérique, bien qu'on ne parlât qu'à voix basse de cette période de sa vie.

Il avait eu, paraît-il, une mauvaise conduite, c'est-à-dire qu'il avait mangé quelque argent, ce qui est bien le plus grand des crimes pour les familles pauvres. Chez les riches, un homme qui s'amuse fait des bêtises. Il est ce qu'on appelle en souriant un noceur. Chez les nécessiteux, un garçon qui force les parents à écorner le capital devient un mauvais sujet, un gueux, un drôle !

Et cette distinction est juste, bien que le fait soit le même, car les conséquences seules déterminent la gravité de l'acte.

Enfin l'oncle Jules avait notablement diminué l'héritage sur lequel comptait mon père ; après avoir d'ailleurs mangé sa part jusqu'au dernier sou.

On l'avait embarqué pour l'Amérique, comme on faisait alors, sur un navire marchand allant du Havre à New York.

Une fois là-bas, mon oncle Jules s'établit marchand de je ne sais quoi, et il écrivit qu'il gagnait un peu d'argent et qu'il espérait pouvoir dédommager mon père du tort qu'il lui avait fait. Cette lettre causa dans la famille une émotion profonde. Jules, qui ne valait pas, comme on dit, les quatre fers d'un chien, devint tout à coup un honnête homme, un garçon de cœur, un vrai Davranche, intègre comme tous les Davranche.

Un capitaine nous apprit en outre qu'il avait loué une grande boutique et qu'il faisait un commerce important.

Une seconde lettre, deux ans plus tard, disait : « Mon cher Philippe, je t'écris pour que tu ne t'inquiètes pas de ma santé, qui est bonne. Les affaires aussi vont bien. Je pars demain pour un long voyage dans l'Amérique du Sud. Je serai peut-être plusieurs années sans te donner de mes nouvelles. Si je ne t'écris pas, ne sois pas inquiet. Je reviendrai au Havre une fois fortune faite. J'espère que ce ne sera pas trop long, et nous vivrons heureux ensemble… »

Cette lettre était devenue l'évangile de la famille. On la lisait à tout propos, on la montrait à tout le monde.

Pendant dix ans en effet, l'oncle Jules ne donna plus de nouvelles ; mais l'espoir de mon père grandissait à mesure que le temps marchait ; et ma mère disait souvent :

— Quand ce bon Jules sera là, notre situation changera. En voilà un qui a su se tirer d'affaire !

Et chaque dimanche, en regardant venir de l'horizon les gros vapeurs noirs vomissant sur le ciel des serpents de fumée, mon père répétait sa phrase éternelle :

— Hein ! si Jules était là-dedans, quelle surprise !

Et on s'attendait presque à le voir agiter un mouchoir, et crier :

— Ohé ! Philippe.

On avait échafaudé mille projets sur ce retour assuré ; on devait même acheter, avec l'argent de l'oncle, une petite maison de campagne près d'Ingouville. Je n'affirmerais pas que mon père n'eût point entamé déjà des négociations à ce sujet.

L'aînée de mes sœurs avait alors vingt-huit ans ; l'autre vingt-six. Elles ne se mariaient pas, et c'était là un gros chagrin pour tout le monde.

Un prétendant enfin se présenta pour la seconde. Un employé, pas riche, mais honorable. J'ai toujours eu la conviction que la lettre de l'oncle Jules, montrée un soir, avait terminé les hésitations et emporté la résolution du jeune homme.

On l'accepta avec empressement, et il fut décidé qu'après le mariage toute la famille ferait ensemble un petit voyage à Jersey.

Jersey est l'idéal du voyage pour les gens pauvres. Ce n'est pas loin; on passe la mer dans un paquebot et on est en terre étrangère, cet îlot appartenant aux Anglais. Donc, un Français, avec deux heures de navigation, peut s'offrir la vue d'un peuple voisin chez lui et étudier les mœurs, déplorables d'ailleurs, de cette île couverte par le pavillon britannique, comme disent les gens qui parlent avec simplicité.

Ce voyage de Jersey devint notre préoccupation, notre unique attente, notre rêve de tous les instants.

On partit enfin. Je vois cela comme si c'était d'hier: le vapeur chauffant contre le quai de Granville; mon père, effaré, surveillant l'embarquement de nos trois colis; ma mère inquiète ayant pris le bras de ma sœur non mariée, qui semblait perdue depuis le départ de l'autre, comme un poulet resté seul de sa couvée; et, derrière nous, les nouveaux époux qui restaient toujours en arrière, ce qui me faisait souvent tourner la tête.

Le bâtiment siffla. Nous voici montés, et le navire, quittant la jetée, s'éloigna sur une mer plate comme une table de marbre vert. Nous regardions les côtes s'enfuir, heureux et fiers comme tous ceux qui voyagent peu.

Mon père tendait son ventre, sous sa redingote dont on avait, le matin même, effacé avec soin toutes les taches, et il répandait autour de lui cette odeur de benzine des jours de sortie, qui me faisait reconnaître les dimanches.

Tout à coup, il avisa deux dames élégantes à qui deux messieurs offraient des huîtres. Un vieux matelot déguenillé ouvrait d'un coup de couteau les coquilles et les passait aux messieurs qui les tendaient ensuite aux dames. Elles mangeaient d'une manière délicate, en tenant l'écaille sur un mouchoir fin et en avançant la bouche pour ne point tacher leurs robes. Puis elles buvaient l'eau d'un petit mouvement rapide et jetaient la coquille à la mer.

Mon père, sans doute, fut séduit par cet acte distingué de manger des huîtres sur un navire en marche. Il trouva cela bon genre, raffiné, supérieur, et il s'approcha de ma mère et de mes sœurs en demandant :

— Voulez-vous que je vous offre quelques huîtres ?

Ma mère hésitait, à cause de la dépense ; mais mes deux sœurs acceptèrent tout de suite. Ma mère dit, d'un ton contrarié :

— J'ai peur de me faire mal à l'estomac. Offre ça aux enfants seulement, mais pas trop, tu les rendrais malades.

Puis, se tournant vers moi, elle ajouta :

— Quant à Joseph, il n'en a pas besoin ; il ne faut point gâter les garçons.

Je restai donc à côté de ma mère, trouvant injuste cette distinction. Je suivais de l'œil mon père, qui conduisait pompeusement ses deux filles et son gendre vers le vieux matelot déguenillé.

Les deux dames venaient de partir, et mon père indiquait à mes sœurs comment il fallait s'y prendre pour manger sans laisser couler l'eau ; il voulut même donner l'exemple et il s'empara d'une huître. En essayant d'imiter les dames, il renversa immédiatement tout le liquide sur sa redingote et j'entendis ma mère murmurer :

— Il ferait mieux de se tenir tranquille.

Mais tout à coup mon père me parut inquiet ; il s'éloigna de quelques pas, regarda fixement sa famille pressée autour de l'écailleur, et, brusquement, il vint vers nous. Il me sembla fort pâle, avec des yeux singuliers. Il dit, à mi-voix, à ma mère :

— C'est extraordinaire, comme cet homme qui ouvre les huîtres ressemble à Jules.

Ma mère, interdite, demanda :

— Quel Jules ?...

Mon père reprit :

— Mais... mon frère... Si je ne le savais pas en bonne position en Amérique, je croirais que c'est lui.

Ma mère effarée balbutia :

— Tu es fou ! Du moment que tu sais bien que ce n'est pas lui, pourquoi dire ces bêtises-là ?

— Va donc le voir, Clarisse ; j'aime mieux que tu t'en assures toi-même, de tes propres yeux.

Elle se leva et alla rejoindre ses filles. Moi aussi, je regardais l'homme. Il était vieux, sale, tout ridé, et ne détournait pas le regard de sa besogne.

Ma mère revint. Je m'aperçus qu'elle tremblait. Elle prononça très vite :

— Je crois que c'est lui. Va donc demander des renseignements au capitaine. Surtout sois prudent, pour que ce garnement ne nous retombe pas sur les bras, maintenant !

Mon père s'éloigna, mais je le suivis. Je me sentais étrangement ému.

Le capitaine, un grand monsieur, maigre, à longs favoris, se promenait sur la passerelle d'un air important, comme s'il eût commandé le courrier des Indes.

Mon père l'aborda avec cérémonie, en l'interrogeant sur son métier avec accompagnement de compliments :

Quelle était l'importance de Jersey ? Ses productions ? Sa population ? Ses mœurs ? Ses coutumes ? La nature du sol, etc., etc.

On eût cru qu'il s'agissait au moins des États-Unis d'Amérique.

Puis on parla du bâtiment qui nous portait, l'*Express*, puis on en vint à l'équipage. Mon père, enfin, d'une voix troublée :

— Vous avez là un vieil écailleur d'huîtres qui paraît bien intéressant. Savez-vous quelques détails sur ce bonhomme ?

Le capitaine, que cette conversation finissait par irriter, répondit sèchement :

— C'est un vieux vagabond français que j'ai trouvé en Amérique l'an dernier, et que j'ai rapatrié. Il a, paraît-il, des parents au Havre, mais il ne veut pas retourner près d'eux, parce qu'il leur doit de l'argent. Il s'appelle Jules... Jules Darmanche ou Darvanche, quelque chose comme ça, enfin. Il paraît qu'il a été riche un moment là-bas, mais vous voyez où il en est réduit maintenant.

Mon père, qui devenait livide, articula, la gorge serrée, les yeux hagards :

— Ah, ah, très bien... fort bien... Cela ne m'étonne pas... Je vous remercie beaucoup, capitaine.

Et il s'en alla, tandis que le marin le regardait s'éloigner avec stupeur.

Il revint auprès de ma mère, tellement décomposé qu'elle lui dit :

— Assieds-toi ; on va s'apercevoir de quelque chose.

Il tomba sur le banc en bégayant :

— C'est lui, c'est bien lui !

Puis il demanda.

— Qu'allons-nous faire ?...

Elle répondit vivement.

— Il faut éloigner les enfants. Puisque Joseph sait tout, il va aller les chercher. Il faut prendre garde surtout que notre gendre ne se doute de rien.

Mon père paraissait atterré. Il murmura :

— Quelle catastrophe !

Ma mère ajouta, devenue tout à coup furieuse :

— Je me suis toujours doutée que ce voleur ne ferait rien, et qu'il nous retomberait sur le dos ! Comme si on pouvait attendre quelque chose d'un Davranche !...

Et mon père se passa la main sur le front, comme il faisait sous les reproches de sa femme.

Elle ajouta :

— Donne de l'argent à Joseph pour qu'il aille payer ces huîtres, à présent. Il ne manquerait plus que d'être reconnu par ce mendiant. Cela ferait un joli effet sur le navire. Allons-nous-en à l'autre bout, et fais en sorte que cet homme n'approche pas de nous !

Elle se leva, et ils s'éloignèrent après m'avoir remis une pièce de cent sous.

Mes sœurs, surprises, attendaient leur père. J'affirmai que maman s'était trouvée un peu gênée par la mer, et je demandai à l'ouvreur d'huîtres :

— Combien est-ce que nous vous devons, Monsieur ?

J'avais envie de dire : mon oncle.

Il répondit :

— Deux francs cinquante.

Je tendis mes cent sous et il me rendit la monnaie.

Je regardais sa main, une pauvre main de matelot toute plissée, et je regardais son visage, un vieux misérable visage, triste, accablé, en me disant :

« C'est mon oncle, le frère de papa, mon oncle ! »

Je lui laissai dix sous de pourboire. Il me remercia :

— Dieu vous bénisse, mon jeune monsieur !

Avec l'accent d'un pauvre qui reçoit l'aumône. Je pensai qu'il avait dû mendier, là-bas !

Mes sœurs me contemplaient, stupéfaites de ma générosité.

Quand je remis les deux francs à mon père, ma mère, surprise, demanda :

— Il y en avait pour trois francs ?... Ce n'est pas possible.

— J'ai donné dix sous de pourboire.

Ma mère eut un sursaut et me regarda dans les yeux :

— Tu es fou ! Donner dix sous à cet homme, à ce gueux !...

Elle s'arrêta sous un regard de mon père, qui désignait son gendre.

Puis on se tut.

Devant nous, à l'horizon, une ombre violette semblait sortir de la mer. C'était Jersey.

Lorsqu'on approcha des jetées, un désir violent me vint au cœur de voir encore une fois mon oncle Jules, de m'approcher, de lui dire quelque chose de consolant, de tendre.

Mais, comme personne ne mangeait plus d'huîtres, il avait disparu, descendu sans doute au fond de la cale infecte où logeait ce misérable.

Et nous sommes revenus par le bateau de Saint-Malo, pour ne pas le rencontrer. Ma mère était dévorée d'inquiétude.

Je n'ai jamais revu le frère de mon père !

Voilà pourquoi tu me verras quelquefois donner cent sous aux vagabonds.

LE DONNEUR D'EAU BÉNITE

Il habitait autrefois une petite maison, près d'une grande route, à l'entrée d'un village. Il s'était établi charron après avoir épousé la fille d'un fermier du pays, et comme ils travaillaient beaucoup tous les deux, ils amassèrent une petite fortune. Seulement ils n'avaient pas d'enfants, ce qui les chagrinait énormément. Enfin un fils leur vint ; ils l'appelèrent Jean, et ils le caressaient l'un après l'autre, l'enveloppant de leur amour, le chérissant tellement qu'ils ne pouvaient rester une heure sans le regarder.

Comme il avait cinq ans, des saltimbanques passèrent dans le pays et établirent une baraque sur la place de la Mairie.

Jean, qui les avait vus, s'échappa de la maison, et son père, après l'avoir cherché bien longtemps, le retrouva au milieu des chèvres savantes et des chiens faiseurs de tours, qui poussait de grands éclats de rire sur les genoux d'un vieux paillasse.

Trois jours après, à l'heure du dîner, au moment de se mettre à table, le charron et sa femme s'aperçurent que leur fils n'était plus dans la maison. Ils le cherchèrent dans leur jardin, et comme ils ne le trouvaient pas, le père, sur le bord de la route, cria de toute sa force : « Jean ? » – La nuit venait ; l'horizon s'emplissait d'une vapeur brune qui reculait les objets dans un lointain sombre et effrayant. Trois grands sapins, tout près de là, semblaient pleurer. Aucune voix ne répondit ; mais il y avait dans l'air comme des gémissements indistincts. Le père écouta longtemps, croyant toujours entendre quelque chose, tantôt à droite, tantôt à gauche, et la tête perdue, il s'enfonçait dans la nuit en appelant sans cesse : « Jean ? Jean ? »

Il courut ainsi jusqu'au jour, emplissant les ténèbres de ses cris, épouvantant les bêtes rôdeuses, ravagé par une angoisse terrible et se croyant fou par moments. Sa femme, assise sur la pierre de sa porte, sanglota jusqu'au matin.

On ne retrouva pas leur fils.

Alors ils vieillirent rapidement dans une tristesse inconsolable.

Enfin, ils vendirent leur maison et ils partirent pour chercher eux-mêmes.

Ils questionnèrent les bergers sur les côtes, les marchands qui passaient, les paysans dans les villages et les autorités des villes. Mais il y avait longtemps que leur fils était perdu ; personne ne savait rien ; lui-même avait sans doute oublié son nom maintenant et celui de son pays ; et ils pleuraient, n'espérant plus.

Bientôt ils n'eurent plus d'argent ; alors ils se louèrent à la journée dans les fermes et dans les hôtelleries, accomplissant les besognes les plus humbles, vivant des restes des autres, couchant sur la dure et souffrant du froid. Mais comme ils devenaient très faibles à force de fatigues, on n'en voulut plus pour travailler, et ils furent obligés de mendier sur les routes. Ils accostaient les voyageurs avec des figures tristes et des voix suppliantes ; imploraient un morceau de pain des moissonneurs qui dînent autour d'un arbre, à midi dans la plaine ; et ils mangeaient silencieusement, assis sur le bord des fossés.

Un hôtelier, auquel ils racontaient leur malheur, leur dit un jour :

« J'ai connu aussi quelqu'un qui avait perdu sa fille ; c'est à Paris qu'il l'a retrouvée. »

Ils se mirent tout de suite en route pour Paris.

Lorsqu'ils entrèrent dans la grande ville, ils furent épouvantés par son immensité et par les multitudes qui passaient. Ils comprirent cependant qu'il devait être au milieu de tous ces hommes, mais ils ne savaient comment s'y prendre pour le chercher. Puis ils craignaient de ne pas le reconnaître, car il y avait alors quinze ans qu'ils ne l'avaient vu.

Ils visitèrent toutes les places, toutes les rues, s'arrêtèrent à tous les attroupements qu'ils voyaient, espérant une rencontre providentielle, quelque prodigieux hasard, une pitié de la destinée.

Souvent ils marchaient à l'aventure devant eux, l'un contre l'autre, ayant l'air si tristes et si pauvres qu'on leur faisait l'aumône sans qu'ils l'eussent demandée.

Chaque dimanche ils passaient leur journée à la porte des églises, regardant entrer et sortir les foules et cherchant sur les figures quelque ressemblance lointaine. Plusieurs fois ils crurent le reconnaître, mais toujours ils s'étaient trompés.

Il y avait, au seuil d'une des églises où ils revenaient le plus souvent, un vieux donneur d'eau bénite qui était devenu leur ami. Son histoire était aussi fort triste, et la commisération qu'ils avaient pour lui fit naître entre eux une grande amitié. Ils finirent par habiter ensemble tous les trois dans un pauvre taudis, tout en haut d'une grande maison, située très loin, auprès des champs, et le charron quelquefois remplaçait à l'église son nouvel ami, lorsque celui-ci se trouvait malade. Un hiver vint, qui fut très dur. Le pauvre porteur de goupillon mourut, et le curé de la paroisse désigna pour le remplacer le charron dont il avait appris les malheurs.

Alors il vint chaque matin s'asseoir au même endroit, sur la même chaise, usant continuellement du frottement de son dos la vieille colonne de pierre contre laquelle il s'appuyait. Il regardait fixement tous les hommes qu'il voyait entrer, et il attendait les dimanches avec autant d'impatience qu'un collégien, parce que l'église, ce jour-là, était sans cesse pleine de monde.

Il devint très vieux, s'affaiblissant encore sous l'humidité des voûtes ; et son espoir s'émiettait tous les jours.

Il connaissait à présent tous ceux qui venaient aux offices ; il savait leurs heures, leurs habitudes, distinguait leurs pas sur les dalles.

Son existence était tellement rétrécie que l'entrée d'un étranger dans l'église était pour lui un grand événement. Un jour deux dames vinrent. L'une était vieille et l'autre jeune. C'était la mère et la fille probablement. Derrière elles un homme se présenta qui les suivit. Il les salua à la sortie et, après leur avoir offert de l'eau bénite, il prit le bras de la plus vieille.

« Ce doit être le fiancé de la jeune », pensa le charron.

Et il chercha jusqu'au soir dans ses souvenirs où il avait pu voir autrefois un homme qui ressemblait à celui-là. Mais celui qu'il se rappelait devait être à présent un vieillard, car il lui semblait l'avoir connu là-bas dans sa jeunesse.

Ce même homme revint souvent accompagner les deux dames, et cette ressemblance vague, éloignée et familière qu'il ne pouvait retrouver importunait tellement le vieux donneur d'eau bénite, qu'il fit venir sa femme avec lui pour aider sa mémoire affaiblie.

Un soir, comme le jour baissait, les étrangers entrèrent tous les trois. Lorsqu'ils furent passés :

« Eh bien ! le connais-tu ? » dit le mari.

La femme inquiète cherchait à se rappeler aussi. Tout à coup elle dit tout bas :

« Oui… oui… mais il est plus noir, plus grand, plus fort et habillé comme un monsieur ; pourtant, père, vois-tu, c'est ta figure quand tu étais jeune. »

Le vieux fit un soubresaut.

C'était vrai ; il lui ressemblait, et il ressemblait aussi à son frère qui était mort, et à son père qu'il avait connu jeune encore. Ils étaient tellement émus qu'ils ne trouvaient rien à dire. Les trois personnes redescendaient, allaient sortir. L'homme touchait le goupillon du doigt. Alors le vieux, dont la main tremblait tellement qu'elle faisait par terre une pluie d'eau bénite, s'écria : « Jean ? »

L'homme s'arrêta, le regardant.

Il reprit plus bas :

« Jean ? »

Les deux femmes l'examinaient sans comprendre.

Alors il dit pour la troisième fois en sanglotant :

« Jean ? »

L'homme se pencha tout près, tout près de sa figure, et illuminé par un souvenir d'enfance, il répondit :

« Papa Pierre, maman Jeanne ! »

Il avait tout oublié, l'autre nom de son père et celui de son pays ; mais il se rappelait toujours ces deux mots qu'il avait tant répétés : papa Pierre, maman Jeanne !

Il tomba, la figure sur les genoux du vieux, et il pleurait, et il embrassait l'un après l'autre son père et sa mère, qui suffoquaient d'une joie démesurée.

Les deux dames pleuraient aussi, comprenant qu'un grand bonheur était arrivé.

Alors ils allèrent tous chez le jeune homme et il leur raconta son histoire.

Les saltimbanques l'avaient enlevé. Pendant trois ans il parcourut avec eux bien des pays. Puis la troupe s'était dispersée, et une vieille dame, un jour, dans un château, avait donné de l'argent pour le garder, parce qu'elle l'avait trouvé gentil. Comme il était intelligent, on le mit à l'école, puis au collège, et la vieille dame n'ayant pas d'enfants lui avait laissé sa fortune. Lui aussi avait cherché ses parents ; mais comme il ne se rappelait que ces deux noms : « papa Pierre, maman Jeanne », il n'avait pu les retrouver. Maintenant, il allait se marier, et il présenta sa fiancée qui était très bonne et très jolie.

Quand les deux vieux eurent dit à leur tour leurs chagrins et leurs fatigues, ils l'embrassèrent encore une fois ; et ils veillèrent fort tard ce soir-là, n'osant pas se coucher, de crainte que le bonheur qui les fuyait depuis si longtemps ne les abandonnât de nouveau pendant leur sommeil.

Mais ils avaient usé la ténacité du malheur, car ils furent heureux jusqu'à leur mort.

ADIEU

Les deux amis achevaient de dîner. De la fenêtre du café ils voyaient le boulevard couvert de monde. Ils sentaient passer ces souffles tièdes qui courent dans Paris par les douces nuits d'été, et font lever la tête aux passants et donnent envie de partir, d'aller là-bas, on ne sait où, sous des feuilles, et font rêver de rivières éclairées par la lune, de vers luisants et de rossignols.

L'un d'eux, Henri Simon, prononça, en soupirant profondément :

— Ah ! je vieillis. C'est triste. Autrefois, par des soirs pareils, je me sentais le diable au corps. Aujourd'hui je ne me sens plus que des regrets. Ça va vite, la vie !

Il était un peu gros déjà, vieux de quarante-cinq ans peut-être et très chauve.

L'autre, Pierre Carnier, un rien plus âgé, mais plus maigre et plus vivant, reprit :

— Moi, mon cher, j'ai vieilli sans m'en apercevoir le moins du monde. J'étais toujours gai, gaillard, vigoureux et le reste. Or, comme on se regarde chaque jour dans son miroir, on ne voit pas le travail de l'âge s'accomplir, car il est lent, régulier, et il modifie le visage si doucement que les transitions sont insensibles. C'est uniquement pour cela que nous ne mourons pas de chagrin après deux ou trois ans seulement de ravages. Car nous ne les pouvons apprécier. Il faudrait, pour s'en rendre compte, rester six mois sans regarder sa figure – oh ! alors quel coup !

Et les femmes, mon cher, comme je les plains, les pauvres êtres ! Tout leur bonheur, toute leur puissance, toute leur vie sont dans leur beauté qui dure dix ans.

Donc, moi, j'ai vieilli sans m'en douter, je me croyais presque un adolescent alors que j'avais près de cinquante ans. Ne me sentant aucune infirmité d'aucune sorte, j'allais, heureux et tranquille.

La révélation de ma décadence m'est venue d'une façon simple et terrible qui m'a atterré pendant près de six mois... puis j'en ai pris mon parti.

J'ai été souvent amoureux, comme tous les hommes, mais principalement une fois.

Je l'avais rencontrée au bord de la mer, à Étretat, voici douze ans environ, un peu après la guerre. Rien de gentil comme cette plage, le matin, à l'heure des bains. Elle est petite, arrondie en fer à cheval, encadrée par ces hautes falaises blanches percées de ces trous singuliers qu'on nomme les Portes, l'une énorme, allongeant dans la mer sa jambe de géante, l'autre en face, accroupie et ronde ; la foule des femmes se rassemble, se masse sur l'étroite langue de galets qu'elle couvre d'un éclatant jardin de toilettes claires dans ce cadre de hauts rochers. Le soleil tombe en plein sur les côtes : sur les ombrelles de toutes nuances, sur la mer d'un bleu verdâtre ; et tout cela est gai et charmant, sourit aux yeux. On va s'asseoir tout contre l'eau, et on regarde les baigneuses. Elles descendent, drapées dans un peignoir de flanelle qu'elles rejettent d'un joli mouvement en atteignant la frange d'écume des courtes vagues ; et elles entrent dans la mer, d'un petit pas rapide qu'arrête parfois un frisson de froid délicieux, une courte suffocation.

Bien peu résistent à cette épreuve du bain. C'est là qu'on les juge, depuis le mollet jusqu'à la gorge. La sortie surtout révèle les faibles, bien que l'eau de mer soit d'un puissant secours aux chairs amollies.

La première fois que je vis ainsi cette jeune femme, je fus ravi et séduit. Elle tenait bon, elle tenait ferme. Puis il y a des figures dont le charme entre en nous brusquement, nous envahit tout d'un coup. Il semble qu'on trouve la femme qu'on était né pour aimer. J'ai eu cette sensation et cette secousse.

Je me fis présenter et je fus bientôt pincé comme je ne l'avais jamais été. Elle me ravageait le cœur. C'est une chose effroyable et délicieuse que de subir ainsi la domination d'une femme. C'est presque un supplice et, en même temps, un incroyable bonheur. Son regard, son sourire, les cheveux de sa nuque quand la brise les soulevait, toutes les plus petites lignes de son visage, les moindres mouvements de ses traits, me ravissaient, me bouleversaient, m'affolaient. Elle me possédait par toute sa personne, par ses gestes, par ses attitudes, même par les choses qu'elle portait qui devenaient ensorcelantes. Je m'attendrissais à voir sa voilette sur un meuble, ses gants jetés sur un fauteuil. Ses toilettes me semblaient inimitables. Personne n'avait des chapeaux pareils aux siens.

Elle était mariée, mais l'époux venait tous les samedis pour repartir les lundis. Il me laissait d'ailleurs indifférent. Je n'en étais point jaloux, je ne sais pourquoi, jamais un être ne me parut avoir aussi peu d'importance dans la vie, n'attira moins mon attention que cet homme.

Comme je l'aimais, elle ! Et comme elle était belle, gracieuse et jeune ! C'était la jeunesse, l'élégance et la fraîcheur mêmes. Jamais je n'avais senti de cette façon comme la femme est un être joli, fin, distingué, délicat, fait de charme et de grâce. Jamais je n'avais compris ce qu'il y a de beauté séduisante dans la courbe d'une joue, dans le mouvement d'une lèvre, dans les plis ronds d'une petite oreille, dans la forme de ce sot organe qu'on nomme le nez.

Cela dura trois mois, puis je partis pour l'Amérique, le cœur broyé de désespoir. Mais sa pensée demeura en moi, persistante, triomphante. Elle me possédait de loin comme elle m'avait possédé de près. Des années passèrent. Je ne l'oubliais point. Son image, charmante, restait devant mes yeux et dans mon cœur. Et ma tendresse lui demeurait fidèle, une tendresse tranquille, maintenant, quelque chose comme le souvenir aimé de ce que j'avais rencontré de plus beau et de plus séduisant dans la vie.

Douze ans sont si peu de chose dans l'existence d'un homme ! On ne les sent point passer ! Elles vont l'une après l'autre, les années, doucement et vite, lentes et pressées, chacune est longue et si tôt finie ! Et elles s'additionnent si promptement, elles laissent si peu de trace derrière elles, elles s'évanouissent si complètement qu'en se retournant pour voir le temps parcouru on n'aperçoit plus rien, et on ne comprend pas comment il se fait qu'on soit vieux.

Il me semblait vraiment que quelques mois à peine me séparaient de cette saison charmante sur le galet d'Étretat.

J'allais au printemps dernier dîner à Maisons-Laffitte, chez des amis. Au moment où le train partait, une grosse dame monta dans mon wagon, escortée de quatre petites filles. Je jetai à peine un coup d'œil sur cette mère poule très large, très ronde, avec une face de pleine lune qu'encadrait un chapeau enrubanné.

Elle respirait fortement, essoufflée d'avoir marché vite. Et les enfants se mirent à babiller. J'ouvris mon journal et je commençai à lire.

Nous venions de passer Asnières, quand ma voisine me dit tout à coup :

— Pardon, Monsieur, n'êtes-vous pas Monsieur Carnier ?

— Oui, Madame.

Alors elle se mit à rire, d'un rire content de brave femme, et un peu triste pourtant.

— Vous ne me reconnaissez pas ?

J'hésitais. Je croyais bien en effet avoir vu quelque part ce visage ; mais où ? mais quand ? Je répondis :

— Oui… et non… Je vous connais certainement, sans retrouver votre nom.

Elle rougit un peu.

— Madame Julie Lefèvre.

Jamais je ne reçus un pareil coup. Il me sembla en une seconde que tout était fini pour moi ! Je sentais seulement qu'un voile s'était déchiré devant mes yeux et que j'allais découvrir des choses affreuses et navrantes.

C'était elle ! cette grosse femme commune, elle ? Et elle avait pondu ces quatre filles depuis que je ne l'avais vue. Et ces petits êtres m'étonnaient autant que leur mère elle-même. Ils sortaient d'elle ; ils étaient grands déjà, ils avaient pris place dans la vie. Tandis qu'elle ne comptait plus, elle, cette merveille de grâce coquette et fine. Je l'avais vue hier, me semblait-il, et je la retrouvais ainsi ! Était-ce possible ? Une douleur violente m'étreignait le cœur, et aussi une révolte contre la nature même, une indignation irraisonnée, contre cette œuvre brutale, infâme de destruction.

Je la regardais effaré. Puis je lui pris la main ; et des larmes me montèrent aux yeux. Je pleurais sa jeunesse, je pleurais sa mort. Car je ne connaissais point cette grosse dame.

Elle, émue aussi, balbutia :

— Je suis bien changée, n'est-ce pas ? Que voulez-vous, tout passe. Vous voyez, je suis devenue une mère, rien qu'une mère, une bonne mère. Adieu le reste, c'est fini. Oh ! je pensais bien que vous ne me reconnaîtriez pas, si nous nous rencontrions jamais. Vous aussi, d'ailleurs, vous êtes changé ; il m'a fallu quelque temps pour être sûre de ne me point tromper. Vous êtes devenu tout blanc. Songez. Voici douze ans ! Douze ans ! Ma fille aînée a dix ans déjà…

Je regardai l'enfant. Et je retrouvai en elle quelque chose du charme ancien de sa mère, mais quelque chose d'indécis encore, de peu formé, de prochain. Et la vie m'apparut rapide comme un train qui passe.

Nous arrivions à Maisons-Laffitte. Je baisai la main de ma vieille amie. Je n'avais rien trouvé à lui dire que d'affreuses banalités. J'étais trop bouleversé pour parler.

Le soir, tout seul, chez moi, je me regardai longtemps dans ma glace, très longtemps. Et je finis par me rappeler ce que j'avais été, par revoir en pensée ma moustache brune et mes cheveux noirs, et la physionomie jeune de mon visage. Maintenant j'étais vieux. Adieu.

18 mars 1884.

LA REMPAILLEUSE

À Léon Hennique.

C'était la fin du dîner d'ouverture de chasse chez le marquis de Bertrans. Onze chasseurs, huit jeunes femmes et le médecin du pays étaient assis autour de la grande table illuminée, couverte de fruits et de fleurs.

On vint à parler d'amour, et une grande discussion s'éleva, l'éternelle discussion, pour savoir si on pouvait aimer vraiment une fois ou plusieurs fois. On cita des exemples de gens n'ayant jamais eu qu'un amour sérieux ; on cita aussi d'autres exemples de gens ayant aimé souvent, avec violence. Les hommes, en général, prétendaient que la passion, comme les maladies, peut frapper plusieurs fois le même être, et le frapper à le tuer si quelque obstacle se dresse devant lui. Bien que cette manière de voir ne fût pas contestable, les femmes, dont l'opinion s'appuyait sur la poésie bien plus que sur l'observation, affirmaient que l'amour, l'amour vrai, le grand amour, ne pouvait tomber qu'une seule fois sur un mortel, qu'il était semblable à la foudre, cet amour, et qu'un cœur touché par lui demeurait ensuite tellement vidé, ravagé, incendié, qu'aucun autre sentiment puissant, même aucun rêve, n'y pouvait germer de nouveau.

Le marquis, ayant aimé beaucoup, combattait vivement cette croyance :

— Je vous dis, moi, qu'on peut aimer plusieurs fois avec toutes ses forces et toute son âme. Vous me citez des gens qui se sont tués par amour, comme preuve de l'impossibilité d'une seconde passion. Je vous répondrai que, s'ils n'avaient pas commis cette bêtise de se suicider, ce qui leur enlevait toute chance de rechute, ils se seraient guéris ; et ils auraient recommencé, et toujours, jusqu'à leur mort naturelle. Il en est des amoureux comme des ivrognes. Qui a bu boira – qui a aimé aimera. C'est une affaire de tempérament, cela.

On prit pour arbitre le docteur, vieux médecin parisien retiré aux champs, et on le pria de donner son avis.

Justement il n'en avait pas :

— Comme l'a dit le marquis, c'est une affaire de tempérament ; quant à moi, j'ai eu connaissance d'une passion qui dura cinquante-cinq ans sans un jour de répit, et qui ne se termina que par la mort.

La marquise battit des mains.

— Est-ce beau cela ! Et quel rêve d'être aimé ainsi ! Quel bonheur de vivre cinquante-cinq ans tout enveloppé de cette affection acharnée et pénétrante ! Comme il a dû être heureux et bénir la vie celui qu'on adora de la sorte !

Le médecin sourit :

— En effet, Madame, vous ne vous trompez pas sur ce point, que l'être aimé fut un homme. Vous le connaissez, c'est M. Chouquet, le pharmacien du bourg. Quant à elle, la femme, vous l'avez connue aussi, c'est la vieille rempailleuse de chaises qui venait tous les ans au château. Mais je vais me faire mieux comprendre.

L'enthousiasme des femmes était tombé ; et leur visage dégoûté disait : « Pouah ! », comme si l'amour n'eût dû frapper que des êtres fins et distingués, seuls dignes de l'intérêt des gens comme il faut.

Le médecin reprit :

— J'ai été appelé, il y a trois mois, auprès de cette vieille femme, à son lit de mort. Elle était arrivée, la veille, dans la voiture qui lui servait de maison, traînée par la rosse que vous avez vue, et accompagnée de ses deux grands chiens noirs, ses amis et ses gardiens. Le curé était déjà là. Elle nous fit ses exécuteurs testamentaires, et, pour nous dévoiler le sens de ses volontés dernières, elle nous raconta toute sa vie. Je ne sais rien de plus singulier et de plus poignant.

Son père était rempailleur et sa mère rempailleuse. Elle n'a jamais eu de logis planté en terre.

Toute petite, elle errait, haillonneuse, vermineuse, sordide. On s'arrêtait à l'entrée des villages, le long des fossés ; on dételait la voiture ; le cheval broutait ; le chien dormait, le museau sur ses pattes ; et la petite se roulait dans l'herbe pendant que le père et la mère rafistolaient, à l'ombre des ormes du chemin, tous les vieux sièges de la commune. On ne parlait guère dans cette demeure ambulante. Après les quelques mots nécessaires pour décider qui ferait le tour des maisons en poussant le cri bien connu : « Remmmpailleur de chaises ! », on se mettait à tortiller la paille, face à face ou côte à côte. Quand l'enfant allait trop loin ou tentait d'entrer en relations avec quelque galopin du village, la voix colère du père la rappelait : « Veux-tu bien revenir ici, crapule ! » C'étaient les seuls mots de tendresse qu'elle entendait.

Quand elle devint plus grande, on l'envoya faire la récolte des fonds de sièges avariés. Alors elle ébaucha quelques connaissances de place en place avec les gamins ; mais c'étaient, cette fois, les parents de ses nouveaux amis qui rappelaient brutalement leurs enfants : « Veux-tu bien venir ici, polisson ! Que je te voie causer avec les va-nu-pieds !... »

Souvent les petits gars lui jetaient des pierres.

Des dames lui ayant donné quelques sous, elle les garda soigneusement.

Un jour – elle avait alors onze ans – comme elle passait par ce pays, elle rencontra derrière le cimetière le petit Chouquet qui pleurait parce qu'un camarade lui avait volé deux liards. Ces larmes d'un petit-bourgeois, d'un de ces petits qu'elle s'imaginait, dans sa frêle caboche de déshéritée, être toujours contents et joyeux, la bouleversèrent. Elle s'approcha, et, quand elle connut la raison de sa peine, elle versa entre ses mains toutes ses économies, sept sous, qu'il prit naturellement, en essuyant ses larmes. Alors, folle de joie, elle eut l'audace de l'embrasser. Comme il considérait attentivement sa monnaie, il se laissa faire. Ne se voyant ni repoussée, ni battue, elle recommença ; elle l'embrassa à pleins bras, à plein cœur. Puis elle se sauva.

Que se passa-t-il dans cette misérable tête ? S'est-elle attachée à ce mioche parce qu'elle lui avait sacrifié sa fortune de vagabonde, ou parce qu'elle lui avait donné son premier baiser tendre ? Le mystère est le même pour les petits que pour les grands.

Pendant des mois, elle rêva de ce coin de cimetière et de ce gamin. Dans l'espérance de le revoir, elle vola ses parents, grappillant un sou par-ci, un sou par-là, sur un rempaillage, ou sur les provisions qu'elle allait acheter.

Quand elle revint, elle avait deux francs dans sa poche, mais elle ne put qu'apercevoir le petit pharmacien, bien propre, derrière les carreaux de la boutique paternelle, entre un bocal rouge et un ténia.

Elle ne l'en aima que davantage, séduite, émue, extasiée par cette gloire de l'eau colorée, cette apothéose des cristaux luisants.

Elle garda en elle son souvenir ineffaçable, et, quand elle le rencontra, l'an suivant, derrière l'école, jouant aux billes avec ses camarades, elle se jeta sur lui, le saisit dans ses bras, et le baisa avec tant de violence qu'il se mit à hurler de peur. Alors, pour l'apaiser, elle lui donna son argent : trois francs vingt, un vrai trésor, qu'il regardait avec des yeux agrandis.

Il le prit et se laissa caresser tant qu'elle voulut.

Pendant quatre ans encore, elle versa entre ses mains toutes ses réserves, qu'il empochait avec conscience en échange de baisers consentis. Ce fut une fois trente sous, une fois deux francs, une fois douze sous (elle en pleura de peine et d'humiliation, mais l'année avait été mauvaise) et la dernière fois, cinq francs, une grosse pièce ronde, qui le fit rire d'un rire content.

Elle ne pensait plus qu'à lui ; et il attendait son retour avec une certaine impatience, courait au-devant d'elle en la voyant, ce qui faisait bondir le cœur de la fillette.

Puis il disparut. On l'avait mis au collège. Elle le sut en interrogeant habilement. Alors elle usa d'une diplomatie infinie pour changer l'itinéraire de ses parents et les faire passer par ici au moment des vacances. Elle y réussit, mais après un an de ruses. Elle était donc restée deux ans sans le revoir ; et elle le reconnut à peine, tant il était changé, grandi, embelli, imposant dans sa tunique à boutons d'or. Il feignit de ne pas la voir et passa fièrement près d'elle.

Elle en pleura pendant deux jours ; et depuis lors elle souffrit sans fin.

Tous les ans elle revenait ; passait devant lui sans oser le saluer et sans qu'il daignât même tourner les yeux vers elle. Elle l'aimait éperdument. Elle me dit : « C'est le seul homme que j'aie vu sur la terre, Monsieur le médecin ; je ne sais pas si les autres existaient seulement. » Ses parents moururent. Elle continua leur métier, mais elle prit deux chiens au lieu d'un, deux terribles chiens qu'on n'aurait pas osé braver.

Un jour, en revenant dans ce village où son cœur était resté, elle aperçut une jeune femme qui sortait de la boutique Chouquet au bras de son bien-aimé. C'était sa femme. Il était marié.

Le soir même, elle se jeta dans la mare qui est sur la place de la Mairie. Un ivrogne attardé la repêcha, et la porta à la pharmacie. Le fils Chouquet descendit en robe de chambre, pour la soigner, et, sans paraître la reconnaître, la déshabilla, la frictionna, puis il lui dit d'une voix dure : « Mais vous êtes folle ! Il ne faut pas être bête comme ça ! »

Cela suffit pour la guérir. Il lui avait parlé ! Elle était heureuse pour longtemps.

Il ne voulut rien recevoir en rémunération de ses soins, bien qu'elle insistât vivement pour le payer.

Et toute sa vie s'écoula ainsi. Elle rempaillait en songeant à Chouquet. Tous les ans, elle l'apercevait derrière ses vitraux.

Elle prit l'habitude d'acheter chez lui des provisions de menus médicaments. De la sorte elle le voyait de près, et lui parlait, et lui donnait encore de l'argent.

Comme je vous l'ai dit en commençant, elle est morte ce printemps. Après m'avoir raconté toute cette triste histoire, elle me pria de remettre à celui qu'elle avait si patiemment aimé toutes les économies de son existence, car elle n'avait travaillé que pour lui, disait-elle, jeûnant même pour mettre de côté, et être sûre qu'il penserait à elle, au moins une fois, quand elle serait morte.

Elle me donna donc deux mille trois cent vingt-sept francs. Je laissai à M. le curé les vingt-sept francs pour l'enterrement, et j'emportai le reste quand elle eut rendu le dernier soupir.

Le lendemain, je me rendis chez les Chouquet. Ils achevaient de déjeuner, en face l'un de l'autre, gros et rouges, fleurant les produits pharmaceutiques, importants et satisfaits.

On me fit asseoir ; on m'offrit un kirsch, que j'acceptai ; et je commençai mon discours d'une voix émue, persuadé qu'ils allaient pleurer.

Dès qu'il eut compris qu'il avait été aimé de cette vagabonde, de cette rempailleuse, de cette rouleuse, Chouquet bondit d'indignation, comme si elle avait volé sa réputation, l'estime des honnêtes gens, son honneur intime, quelque chose de délicat qui lui était plus cher que la vie.

Sa femme, aussi exaspérée que lui, répétait : « Cette gueuse ! cette gueuse ! cette gueuse !... » Sans pouvoir trouver autre chose.

Il s'était levé ; il marchait à grands pas derrière la table, le bonnet grec chaviré sur une oreille. Il balbutiait :

« Comprend-on ça, docteur ? Voilà de ces choses horribles pour un homme ! Que faire ? Oh ! si je l'avais su de son vivant, je l'aurais fait arrêter par la gendarmerie et flanquer en prison. Et elle n'en serait pas sortie, je vous en réponds ! »

Je demeurais stupéfait du résultat de ma démarche pieuse. Je ne savais que dire ni que faire. Mais j'avais à compléter ma mission. Je repris : « Elle m'a chargé de vous remettre ses économies, qui montent à deux mille trois cents francs. Comme ce que je viens de vous apprendre semble vous être fort désagréable, le mieux serait peut-être de donner cet argent aux pauvres. »

Ils me regardaient, l'homme et la femme, perclus de saisissement.

Je tirai l'argent de ma poche, du misérable argent de tous pays et de toutes les marques, de l'or et des sous mêlés. Puis je demandai : « Que décidez-vous ? »

Mme Chouquet parla la première : « Mais puisque c'était sa dernière volonté, à cette femme… il me semble qu'il nous est bien difficile de refuser. »

Le mari, vaguement confus, reprit : « Nous pourrions toujours acheter avec ça quelque chose pour nos enfants. »

Je dis d'un air sec : « Comme vous voudrez. »

Il reprit : « Donnez toujours, puisqu'elle vous en a chargé ; nous trouverons bien moyens de l'employer à quelque bonne œuvre. »

Je remis l'argent, je saluai, et je partis.

Le lendemain Chouquet vient me trouver et, brusquement :

— Mais elle a laissé ici sa voiture, cette… cette femme. Qu'est-ce que vous en faites, de cette voiture ?

— Rien, prenez-la si vous voulez.

— Parfait; cela me va; j'en ferai une cabane pour mon potager.

Il s'en allait. Je le rappelai. « Elle a laissé aussi son vieux cheval et ses deux chiens. Les voulez-vous ? » Il s'arrêta, surpris : « Ah ! non, par exemple ; que voulez-vous que j'en fasse ? Disposez-en comme vous voudrez. » Et il riait. Puis il me tendit sa main que je serrai. Que voulez-vous ? Il ne faut pas, dans un pays, que le médecin et le pharmacien soient ennemis. J'ai gardé les chiens chez moi. Le curé, qui a une grande cour, a pris le cheval. La voiture sert de cabane à Chouquet ; et il a acheté cinq obligations de chemin de fer avec l'argent.

Voilà le seul amour profond que j'aie rencontré, dans ma vie.

Le médecin se tut.

Alors la marquise, qui avait des larmes dans les yeux, soupira :

— Décidément, il n'y a que les femmes pour savoir aimer !

DOSSIER LIBRIO+

Des pages en + pour s'approprier le texte,
le comprendre sans notes, et s'exercer !

Les fiches proposées ont été conçues par des professeurs afin de servir d'exercices dans le cadre d'une étude approfondie de cette œuvre.

Fiche élève 1 : La nouvelle

1. Définitions

Cherchez les définitions des termes suivants (voir les « Dicos du bac » dans l'ouvrage de Jean-Noël Leblanc, *Comment réussir son bac français*, Librio n° 1016) :

a. Auteur

b. Conte

c. Narrateur

d. Nouvelle

e. Personnage

f. La nouvelle réaliste

g. La nouvelle fantastique

Fiche élève 2 : À la découverte de *La Parure*

1. L'auteur

Rédigez la fiche bio-bibliographique de Maupassant.

2. Le mouvement littéraire auquel on l'associe

a. Nom
b. Définition
c. Principales caractéristiques
d. Quelques auteurs

3. L'œuvre

Quelle est la date de la première publication ? Dans quel cadre la nouvelle a-t-elle d'abord paru ?

4. L'organisation de la nouvelle

La nouvelle de Guy de Maupassant est découpée clairement. Donnez un titre à chacune de ses parties et indiquez à quel moment du schéma narratif elle correspond :

a. « C'était une de ces jolies et charmantes filles… » (p. 11, 1re partie)
b. « Or, un soir, son mari rentra, l'air glorieux… » (p. 12, 2e partie)
c. « Le jour de la fête approchait… » (p. 14, 3e partie)
d. « Le jour de la fête arriva. » (p. 15, 4e partie)
e. « Au bout d'une semaine, ils avaient perdu toute espérance. » (p. 18, 5e partie)

f. « Mme Loisel connut la vie horrible des nécessiteux. » (p. 19, 6e partie)

g. « Or, un dimanche, comme elle était allée faire un tour… » (p. 20, 7e partie)

5. Questionnaire de lecture

a. Quel type de narration Maupassant a-t-il choisi pour sa nouvelle (interne/externe/omnisciente) ? Argumentez votre réponse.

b. À la fin de la 1re partie (p. 11 à 12), quel personnage important pour la suite apparaît brièvement ?

c. Caractérisez Mathilde en trois adjectifs.

d. Sur combien de temps l'action se déroule-t-elle ? Relevez des citations précises pour étayer votre réponse.

e. Pourquoi l'histoire s'achève-t-elle sur une réplique de Jeanne, sans vraie « conclusion » de l'héroïne ou de l'auteur ?

Fiche élève 3 : Étude d'image et histoire des arts

1. Comparer deux tableaux

Cherchez les tableaux *Danse à la ville* et *Danse à la campagne*, peints par Auguste Renoir en 1883, huiles sur toile conservées à Paris, au musée d'Orsay. Analysez la représentation des scènes (personnages, décor, accessoires et détails, etc.), la composition du tableau, les différents plans, les couleurs, les formes, les mouvements...

COMPARAISON DE DEUX TABLEAUX DE PIERRE AUGUSTE RENOIR Observations + analyses			
	Danse à la campagne	*Danse à la ville*	Comparaison
Le décor			
Les vêtements des danseurs			
L'attitude des danseurs			

2. En prolongement

a. Repérez quelques artistes et quelques œuvres fameuses pour caractériser deux grands mouvements artistiques du XIXe siècle, le réalisme et l'impressionnisme.

b. Questionnez Internet en combinant les mots clefs les plus pertinents : tableau/bal/danse/bijoux/parure/miroir… puis choisissez un tableau pour illustrer une couverture de *La Parure* ; justifiez votre choix devant vos camarades.

Fiche élève 4 : L'adaptation télévisée de *La Parure*

La Parure, téléfilm de 2007, réalisé par Claude Chabrol pour JM Productions dans le cadre de la série *Chez Maupassant*, diffusée sur France Télévisions. Distribution : Cécile de France (Jeanne Loisel), Thomas Chabrol (M. Loisel), Charley Fouquet (Jeanne Forestier), etc. Thème musical : valse *Les Ivresses* de Suzanne Pillevesse.

Quelques scènes essentielles permettent d'étudier les choix de mise en scène concernant le décor, les lumières, les sons, les costumes, le jeu des acteurs, les ajouts ou retraits (de personnages, de scènes, de répliques, etc.)...

LA PARURE, DE GUY DE MAUPASSANT Mise en scène de Claude Chabrol (2007)	
Scène	**Description et analyse**
Scènes d'ouverture (de 0'40 à 4'55)	
Trois scènes de déchéance (de 21'55 à 26'10)	
Scène finale (de 26'10 à 28'20)	

Fiche élève 5 : Travaux divers

1. Lecture d'image

Le choix de l'illustration de couverture vous paraît-il judicieux pour illustrer *La Parure* ?

2. Écriture

a. Journaliste pour une revue mondaine, vous rédigez l'article qui rend compte de la soirée du bal chez le ministre, en insistant sur le succès de la belle dame à la parure (voir le début de la 4e partie, p. 15 à 16).
Consignes : présentez votre texte comme un véritable article (dactylographié, avec un titre, plusieurs colonnes, une illustration, etc.) en vous inspirant de la mise en page d'un magazine.

b. Rédigez le monologue intérieur de Mathilde après le départ de son mari, déchirée entre l'espoir qu'il retrouve la parure et la crainte d'une perte définitive du bijou.
Consignes : insistez sur son état d'esprit bouleversé.

c. Réécrivez la scène des retrouvailles de la dernière partie, depuis « Elle s'approcha » jusqu'à « Oh !... ma pauvre Mathilde, comme tu es changée !... » (p. 21) ; prenez Jeanne comme narratrice, au moment où Mathilde l'accoste sur les Champs-Élysées.
Consignes : adoptez la première personne du singulier et ajoutez les pensées de Jeanne au texte de Maupassant, en vous appuyant sur la dégradation physique de Mathilde, décrite à la fin de la 6e partie (p. 20).

d. Rédigez une suite au dénouement de *La Parure*, après la révélation de Jeanne.
Consignes : imitez le style de Maupassant ; imaginez ce qui peut se passer maintenant que les deux amies se sont retrouvées : cette situation finale peut-elle enfin être heureuse ?

e. Après avoir lu les autres récits du recueil, rédigez une nouvelle à la manière de Maupassant ; appuyez-vous sur le découpage de *La Parure* pour alterner récit, description, dialogue... :

- Présentez le personnage principal (un résumé du début de sa vie, de son rêve déçu).
- Racontez l'événement qui déclenche l'espoir puis les péripéties qui l'anéantissent.
- Résumez sa déchéance depuis cet événement.
- Imaginez une chute inattendue (avec une dernière réplique, brutale).

3. Débats

a. Selon vous, Mathilde Loisel est-elle « responsable » de son malheur (à cause de son caractère excessif, de sa coquetterie) ou faut-il s'en prendre à la fatalité, au manque de chance ?

b. Préférez-vous lire une histoire ou regarder son adaptation ? Faites deux groupes et illustrez vos arguments en vous appuyant sur des exemples précis.

Achevé d'imprimer en Italie par Grafica Veneta
en avril 2018
Dépôt légal août 2017
EAN 9782290151297
OTP L21ELLN000814C002

—

Conception des principes de mise en page :
Jean-Noël LECLERE

—

Composition : PCA

—

ÉDITIONS J'AI LU
87, quai Panhard-et-Levassor, 75013 Paris
Diffusion France et étranger : Flammarion

Librio
1104